sissi tax _ je nachdem

sissi tax

je nachdem

droschl literaturverlag

graz
zweitausend
eins

fast selten nie, jedoch bisweilen manchmal. aber wie. und wenn wie, dann wohin. und wenn wohin und wie irgendwie oder bestimmt entschieden oder geklärt sind, dann womit. das sind die ersten und letzten fragen, die sich stellen. und die zu stellen sind. das ist keine frage, das heißt und bedeutet, es ist fraglos. ob grundlos oder bodenlos, ist eine andere frage. und noch eine andere frage ist, ob sich die ersten und letzten fragen grundsätzlich grundsatzlos stellen.
hier stellt sich nun die frage nach dem wie. angezogen oder ausgezogen, auf allen vieren oder in reih und glied, mit hand und fuß oder mit händen oder füßen, barfuß oder barbusig oder vollbusig.
nun stellt sich hier die frage nach dem wohin. unter die brücken oder in den untergrund oder auf die alm oder an die auen der mur oder dorthin, von wo der wind weht. je nach himmelsrichtung verweht es mich dorthin und dahin, weht es mich hinweg oder fegt es mich hinfort. hinweggeweht oder hinfortgefegt kann es mich auch noch umwehen. gut oder schlecht umgeweht bewegt mich das wohin besonders stark.
hier nun stellt sich die frage nach dem womit. mit mitteln oder ohne mittel. wenn ohne mittel, heißt und bedeutet das mittellos, unbemittelt oder unterbemittelt. wenn mit mitteln, dann mit geldmitteln, geistesmitteln oder körpermitteln, heilmitteln oder unheilmitteln, auf stelzen oder kothurnen, in sänften oder rikschas oder taxis.
wenn es fast selten nie, jedoch bisweilen manchmal geschehen, getan oder vollbracht ist, bleibt oft noch dies und das offen. jenes offengebliebene kann offengelassen bleiben oder zugemacht werden. es kann auch abgeschlossen werden. je nach breitengrad, himmelsrichtung oder höhenlage, sogar je nach hautfarbe oder seelenlage oder gar je nach sitzfleisch.
es offenzulassen fällt schwerer als es zuzumachen oder abzu-

schließen. abgeschlossen ist es ausgesprochen anziehend wie attraktiv, zugemacht ist es ausgesprochen zweischneidig wie ambig und offengelassen ausgesprochen verhängnisvoll wie fatal.
zum wesen des offengebliebenen gehört das verbergen wie das sich verbergen und das in sich bergen. allerdings ist das verborgene nicht immer und ausschließlich das unsichtbare und das sichtbare nicht immer und ausschließlich das unverborgene. verbirgt sich das offengebliebene, kann es geschehen, daß das, was es in sich birgt, zum vorschein kommt. das ist dann manchmal das berührbare, manchmal das unberührbare.
im weiteren stellt sich die frage nach den diversen zuständen und befindlichkeiten, die in verbindung mit dem, was fast selten nie, jedoch bisweilen manchmal geschieht, auftreten. es sind solche und solche und der umgang mit ihnen ist kein honigschlecken. die damit in zusammenhang stehenden fragen sind wie ihnen auf die schliche kommen, wohin mit ihnen und womit ihnen auf den leib rücken. wenn es gelingt, diese drei fragen zu beantworten, ist einiges gewonnen, aber auch einiges zerronnen. aber was ist dann die frage.

noch immer, immer wieder und nach wie vor zuerst auf den leim gehen, dann auf den strich und danach in die knie. oder ist es umgekehrt und es heißt zuerst in die knie, dann auf den strich und danach auf den leim gehen. wie auch immer dies sein mag, zuerst vergeht hören und sehen, dann hören, sehen und riechen und danach hören und sehen, riechen und schmecken. was zuletzt vergeht, steht in den sternen geschrieben.
während des vergehens von hören und sehen, riechen und

schmecken läßt sich viel zusammendenken und ausspinnen, längst entschwundenes taucht wieder auf, es lichten sich nebel der gegenwart und wust der dinge, undeutliches wird deutlich, konturen zeichnen sich ab, hirngespinste klären sich, überbelichtetes bekommt gestalt, verschattetes hellt sich auf, atopisches erhält seinen topos, das schicksal wird gnädig, wunder erscheinen, replikanten mutieren, abgründe haben gründe, untiefen tiefen, untiere erweisen sich als tiere, unwesen als wesen und umgekehrt, der freie wille erweist sich endgültig als fiktion, sein und verfallensein fallen mit oder ohne bewußtsein zusammen, ewig währt am längsten bewährt sich, ein unglück kommt zu einem glück und bleibt so nicht allein, unerledigtes erledigt sich von selber, eingegangenes paßt, umgarnungen sind umarmungen, marxismus verbindet sich dem konzeptualismus, die anarchie der marie, der esprit der materie, alle, mitsamt heiligem geist und erzengel gabriel, fahren zur hölle, verwirrliches ist als verwunschenes zu entziffern und umgekehrt, richtung als lichtung, gelichter als gesichter, es darf es bleiben, quasimodos buckel, prometheus' leber und kleopatras schlange dürfen auch bleiben, the lonely hunter meets the heart, candy darling meets fürst saurau, karl erliegt sidonie und umgekehrt, hoch und niedrig erleben gemeinsam ein hoch, nichts wird je gut, aber alles, was ist, ist nur ein wenig zu wenig, die synekdoche erfährt ihre rehabilitierung und fetisch reimt sich auf teetisch wie automatisch auf idiosynkratisch.
dergestalt kann sich das wirkliche während des vergehens bestimmter sinne entfalten. sind diese wieder beisammen, stellen sich fragen. wem oder was wird wann und bei welcher gelegenheit auf den leim gegangen und wie ist die wirkung, wie und wo wird auf den strich und wozu wird in die knie gegangen. meistens unbeantwort-

bar, beantworten sich diese fragen in dem moment von selbst, in dem etwas aus dem rahmen, in die hände, vom fleisch, ins wort oder aus allen wolken fällt respektive in dem moment, in dem schuppen von den augen fallen. auch finden enthüllungen, entbergungen und aufdeckungen statt, auf den leim gegangenes entpuppt sich als aus dem leim gegangenes, auf den strich gegangenes als gegen den strich gebürstetes und in die knie gegangenes als über die knie gelegtes.

sind diese fragen beantwortet, tauchen die nächsten auf. wie schaut es aus mit dem gehen, das in verbindung mit in die luft, ins wasser, übers wasser, auf zehenspitzen, auf die nerven, an den kragen, an die nieren, unter die gürtellinie, über leichen oder in verbindung mit im kopf herum oder aus sich heraus oder in sich.

aus sich herausgehen kann ein langsamer oder schneller vorgang sein. je schneller er von statten geht, desto schneller wird das insichgehen möglich. ob das von vorteil oder nachteil ist, sei dahingestellt. ontologisch gesehen vielleicht ja, phänomenologisch gesehen vielleicht nein. auf jeden fall bewirkt das schnelle in sich gehen das machen einer guten figur, ja, bisweilen sogar das machen guter figuren. immerhin. dabei empfiehlt sich das zeigen der kalten schulter. nach dem in sich gegangen sein tritt das stadium des bei sich seins oder des nicht bei sich seins ein. letzteres kann, muß aber nicht identisch sein mit dem stadium des außer sich seins. zum außer sich sein, das auf die leichte schulter zu nehmen sich empfiehlt, gehört das bewußtsein, es hinter sich zu haben ist sinnvoller, als es vor sich zu haben.

diese einsicht verdankt sich der altmodischen erkenntnis, welche besagt, daß das vor sich haben den verlust von hopfen und malz nach sich zieht, das hinter sich haben den gewinn derselben sowie das verschwinden vieler sich bohrend stellender fragen. wie zum beispiel ob an sich nach wie vor etwas zu finden sei oder nicht, ob nach wie vor etwas oder nichts mit sich anzufangen sei oder ob es nach wie vor ein vorher und ein nachher gibt, das ein dazwischen hat. nachher wie vorher.

danach und davor sich die zunge abbeißen. sich eher davor und danach die zunge abbeißen als dazwischen. die abgebissene zunge im mund behalten oder ausspucken. oder sie hinunterschlucken. voller mund oder leerer mund. der volle mund hat den vorteil, daß nichts mehr zu sich genommen werden kann oder muß. der leere mund hat den vorteil, daß noch alles zu sich genommen werden kann. was beiden aber auch zum nachteil gereichen kann, bei gewissen anlässen, zu gewissen stunden.

bei gewissen anlässen, zu gewissen stunden scheint es mir angebracht, die zunge hinunterzuschlucken. wobei die gefahr besteht, sich an ihr zu verschlucken. sich am verschluckten zu erbrechen. eine handvoll erbrochener zunge. beim hinunterschlucken besteht die gefahr, daß sie im hals stecken bleibt. wobei die gefahr besteht, an ihr zu ersticken. das ist von vorteil wie von nachteil. vorteil wie nachteil bestehen darin, die zunge nicht mehr herausstrecken zu können. auch nicht mehr hineinzustecken, nicht mehr, nie mehr.

oder ist es besser, sie sich dazwischen abzubeißen. und zwischendurch eine zu rauchen. eine oder zwei. je nach zungengespür oder lungengefühl inhalieren oder nicht inhalieren. zungenzüge, lungenzüge. zungenstrudel, lungenstrudel. dazwischen. allerdings ist dazwischen nicht zwischendurch, zwischendurch nicht nebenbei,

nebenbei nicht daneben, daneben nicht peripher, peripher nicht marginal.
oder ist es am besten, nicht sich die zunge abzubeißen, sondern die andere zunge. die eine oder die andere zunge. oder gar andere zungen, an denen zu ersticken auch manch chance sich bietet. zungen kennen manchmal nichts.
meine zunge kennt das rauhe und das glatte, das geschmeidige und das spröde, das nachgiebige und das widerständige. sie ist aufmerksam und ungenau, behutsam und nachlässig, sacht und grob. selten läßt sie sich täuschen. dann handelt es sich um zungenverwirrung oder zungenverirrung. o verwirrte zunge, o verirrte zunge. belegt, beschlagen. zungenbelag, zungenschlag. o welch zungengestammel, o welch zungengefasel. ausgefranst, zerfasert.
ob meine zunge all das, was sie kennt und kann, in- und auswendig sowie anständig kennt und kann, entzieht sich meiner kenntnis. ob all das, was sie kennt, alles ist, was die andere zunge kennt oder kann, entzieht sich auch meiner kenntnis. vom kennen oder können anderer zungen ganz zu schweigen. wobei die erkenntnis, zu viele zungen verderben gestammel, gefasel und genuß, nicht von der hand zu weisen ist. bei gewissen anlässen, zu gewissen stunden kennt meine zunge nichts. da, wo sie nichts kennt, liegt es auf der zunge oder auf der zungenspitze. mir oder der anderen zunge.
oder ist es am allerbesten und am anständigsten, nicht sich die zunge abzubeißen, sondern sie sich abbeißen zu lassen. sie mir abbeißen zu lassen. damit es zu keiner zungenverwirrung oder zungenverirrung mehr kommen kann. o schweres los der zunge. zungenlos.

doch davor, das heißt vor allem, und vor allem wegen allem, hand an sich legen. nicht wegen allen, nein, auch nicht vor allen. aber auch nicht wegen nichts. schon gar nicht wegen nichts. wegen nichts ist es ratsam, hand an den einen oder den anderen zu legen. hand an den einen oder anderen gelegt oder gar aufgelegt, heißt, das hand an sich legen für eine weile aufschieben zu können.
beim hand an sich legen handelt es sich um eine kunst. um eine hohe kunst, die niedrig gehandelt wird.
es heißt, alles ausgeführt zu haben, nichts mehr auszuführen wie auch nichts mehr aufzuführen. es heißt, weg zu sein von allem und von allen. endlich unantastbar, unberührbar, unverletzbar, unvorstellbar geworden zu sein.
schlecht ausgeführt heißt es, im handumdrehen ausgeliefert zu sein. allem und allen. an alle, an alles sich ausgeliefert zu sehen. o gratwanderung des hand an sich legens, o grabwanderung des hand an sich legens.
hand an mich zu legen, ist ein alter gedanke. es war mir nie gegeben, das heft in der hand zu haben. dieser gedanke entspringt vielem, entspricht wenigem und verspricht nichts. mir nicht, sich nicht. mir nichts, sich nichts. sich davon etwas zu versprechen, widerspricht den regeln der kunst.
das hand an sich legen kann gut oder schlecht ausgeführt werden. gut ausgeführt heißt, im handumdrehen ausgeführt. das heißt, mir nichts, dir nichts mit nichts mehr etwas zu tun zu haben, auch mit niemandem mehr etwas zu haben, von nichts mehr berührt zu werden, durch nichts mehr verführt zu werden, aus nichts mehr sich etwas zu machen, es zu nichts mehr zu bringen, nichts mehr zu versuchen, es nicht mehr zu versuchen, nicht mehr ersucht zu werden. mir nichts, dir nichts nichts mehr.

die finger davon lassen. von den händen. von jenen in den einen oder anderen schoß gelegten händen, die sich sogar mitunter in den einen oder anderen, gar in den einen und den anderen schoß hineinlegen. mitunter sogar unter der hand in den schoß gelegte hände. schoßhände. die finger davon zu lassen, ist die eine geschichte. die finger nicht davon zu lassen, ist die andere geschichte. sowohl in der einen wie in der anderen läßt es sich an den fingern abzählen, wohin das jeweils führt.

sich die finger an den in den schoß gelegten händen zu verbrennen, ist die eine möglichkeit. die andere möglichkeit ist es, sich an den in den schoß gelegten händen die finger nicht zu verbrennen.

meine finger verbrennen sich nicht an den in den schoß hineingelegten händen. sie verbrennen sich an einem schoß oder in einem schoß. am schoß des einen oder anderen wie am schoß der einen oder anderen. o am schoß, o im schoß verbrannte finger. schoßfinger. je nach fingerspitzengefühl oder fingerfertigkeit.

fingerspitzengefühl und fingerfertigkeit berühren einander dort, wo um den finger gewickelt wird.

mitunter verbrennen sogar die fingerspitzen. dann fehlt es nicht nur an fingerspitzengefühl, sondern auch an einem gefühl für die spitzen der finger. das ist hart. denn ohne ein gefühl für die verbrannten oder nicht verbrannten spitzen der finger keine fingerfertigkeit und ohne fingerfertigkeit kein gefühl geschweige denn gespür für das gefühl in den fingern, das an die in den schoß des einen oder anderen hineingelegten hände erinnert. o schoßhände, o schoßfinger, o schoßhandgefühl, o schoßfingergefühl.

schoß ist nicht schoß. am schoß scheidet es sich und im schoß scheiden sich die geister.

mein schoß ist hart oder weich, kühl oder warm, klein oder groß, tief

oder flach, offen oder zu, oben oder unten. es kommt darauf an. es kommt auf die hände an, die in ihm liegen. und wie sie in ihm liegen. gefaltet, gerungen oder gebunden. oder gar ungebunden in meinem schoß.
an dieser stelle sind mir die hände gebunden, sogar die von allem gelassenen finger sind zu lassen und mit oder ohne fingerspitzengefühl alle finger. aber wozu. wozu sind die finger davon zu lassen. um sich die finger danach zu lecken. danach oder davor. danach und davor.
danach, davor und dazwischen.

es geht an die nieren und ist kein witz. wahrhaftig nicht, aber auch leibhaftig und beileibe nicht. beileibe nicht, weil das, was an die nieren geht, blutiger ernst werden kann, und leibhaftig nicht, weil kein leib ohne nieren sein kann und auch nicht ist, nieren ohne leib aber schon sein können und auch sind.
von der jeweiligen leibesfülle und dem jeweiligen leibesumfang hängt es ab, wie schnell oder langsam etwas an die nieren geht. je fülliger, umfänglicher und üppiger der leib, desto langsamer geht es vor sich. oder ist es umgekehrt, und je schmäler, dünner und zarter der leib, desto langsamer.
etwas davon geht unter die haut. indem es in sie einsickert und, in ihr versickernd, dann verschwindet. fast unmerklich, beinahe spurlos, kaum spürbar. und etwas davon geht nicht unter die haut, sondern unter die gürtellinie. unter der gürtellinie kann es vorkommen, daß es sich einnistet, bisweilen dort gelierend, bisweilen dort verwesend.

das, was an die nieren geht, kann sich auch ausbreiten auf leber, herz und hirn, milz und magen, zunge und lunge. all diese organe des leibesinneren sind an und für sich zum verzehr bestimmt, nicht nur zum jüngsten gericht, als letztes abendmahl oder abendessen. sie haben darüberhinaus eine je eigene bedeutung. nieren assoziieren steine, zungen küsse, leber flecken, hirn gehirn, das herz den schmerz, die milz den filz, die lunge den strudel, der magen das behagen. was mit diesen zum verzehr bestimmten substanzen zu guter letzt und wirklich passiert, sei dahingestellt. es kann sein, daß an den organen und extremitäten des leibesäußeren etwas davon sichtbar wird.
sich das an die nieren gehende grundsätzlich und von vornherein vom leib halten zu können, ist ein vermögen, das leib und seele betrifft und somit auch den geist, da dieser ja seit ewigen zeiten wie zur bitteren neige untrennbar, wenn auch nicht immer unentwirrbar und auch nicht immer unverwirrt mit jenen zwei anderen emanationen der physis und metaphysis verbunden ist. ist die verbindung gerade eine besonders verwirrte, kommt es zur geistes-, seelen- oder leibesspaltung. o gespaltener geist, o gespaltene seele, o gespaltener leib, schwer zu begreifen, schwer zu fassen, schwer aufzuheben. solche spaltungen können sich als spalten erweisen, in die hineinzustolpern und auf die hineinzufallen nicht viel gehört. geistesspalten können besonders trügerisch sein, leibesspalten besonders glitschig und seelenspalten besonders kitschig. und über diesem szenarium schwebt unerbittlich das schicksal der triebe, verhüllt oder unverhüllt, deren spaltungen besonders gefinkelt sind. o gespaltene triebe, o spalttriebe, leicht zu übersehen, schwer zu überschauen, schwer zu durchschauen.
gelingt es, sich triebschicksal und das an die nieren gehende von

leib, geist und seele zu halten, kann es passieren, daß alles ein witz wird. was aber auch nicht lustig ist.

sich haarscharf den geist vom leib zu halten, ist notwendig, da aus dem leib einiges herauskommt. aus dem geist ja nicht. sich haarscharf den geist vor den leib zu halten, ist notwendig, da vom leib einiges absteht. vom geist ja nicht. sich haarscharf den leib vor den geist zu halten, ist notwendig, da der leib etwas hält. der geist ja nicht.
mein leib läßt zu wünschen übrig. mein leib, diese arme haut. gnadenlos, unbarmherzig und unerbittlich läßt er als arme haut zu wünschen übrig. bisweilen fast alles. fast alles, da alles auch dem leib nicht zu wünschen gegeben ist. das ist bisweilen zum aus der haut fahren, bisweilen ist es nicht zum aus der haut fahren.
das von meinem leib gnadenlos, unbarmherzig und unerbittlich zu wünschen übriggelassene gleicht um haaresbreite jenem vom geist zu wünschen übriggelassenen. haarscharf. haarscharf um eine haaresbreite, um zwei haaresbreiten, drei haaresbreiten, es sei dahingestellt. auf jeden fall um die eine haarscharfe haaresbreite, die den leib vom geist trennt. meinen leib von meinem geist. um diese eine haaresbreite, in der fast alles sich voneinander unterschieden aufhebt. fast alles. haarscharf.
sich haarscharf den geist vom leib zu halten, ist bisweilen notwendig. eine bittere, doch unabdingbare notwendigkeit. sich den leib vor dem geist zu erhalten, ist eine andere notwendigkeit. es ist die notwendigkeit der not. wenn der leib vom fleisch fällt.
mein leib fällt vom fleisch, wenn er nichts und auch nichts mehr zu

wünschen übrig läßt. dann bleibt nur mehr der wunsch, fast alles bliebe zu wünschen übrig.

sich den kopf zerbrechen. über alles, über alles mögliche und über alle. kopfzerbrechen ist ein akt strenger disziplin, der aufmerksamkeit und ausdauer verlangt sowie gigantenkräfte, titanenmut und die geschmeidigkeit der amazonen. die einen zerbrechen sich den kopf über dieses, die anderen über jenes und die dritten über dieses und jenes. lautstark oder tonlos, mit oder ohne emphase, gründlich oder grundlos.

kopfzerbrechenswert sind sämtliche phänomene der sichtbaren und unsichtbaren welt. worauf es ankommt ist, wie dies geschieht. nicht bedenkenlos, nicht gedankenschwer. im moment des verschwindens der vernunft.

es gibt verschiedene kategorien und viele gegenstände des kopfzerbrechens. diese sind das innen und das außen, das glück und das unglück, die metaphysik und die physik, die kunst, die erste und die zweite natur, materie, umriß und verriß, gott und gottesbeweis, geist, stoff und struktur, das pflanzenwesen, das tierwesen und das finanzwesen, das menschliche wesen, das menschliche gewesensein und menschliche verwesen, das wesentliche und das unwesentliche, das geschliffene und das ungeschliffene, das erhabene, das edle und das unedle, das gefaltete, das plissierte und das gebügelte, das halbwegse, das semiartige und parahafte, die mutanten, die replikanten und die trafikanten, liebe, geschlecht und charakter, überbau, unterbau und untergrund, die sätze und die gegensätze, der geschmack der worte und das gewissen der wörter, geometrie

und poesie, hammer, sichel und rechen, das aufrechte, das aufgerichtete und das sich aufrichtende, das dicke und das dünne, das elend und der glanz, weiblichkeit, männlichkeit und sächlichkeit, weiblichkeit, männlichkeit und sachlichkeit, vaterland und muttersprache, wurstsemmel und würstelstand, das kracherl und das achterl, die zwetschge und das zwutschgerl, sandler und sandeln, liptauer und steirerkäse, sowie die habsburg und die habsburger.
hat man sich über all das den kopf zerbrochen und ist derselbe noch nicht ganz zerbrochen, bleibt noch das kopfzerbrechen über alle, das unüberschaubare folgen haben kann. diverse gebrechen und gebreste können auftauchen, zuerst das schädelweh, und wenn tatsächlich für längere zeit alle in einem kopf herumspuken und herumirren, sich darin versammeln und ihn bevölkern, kann dieser platzen. welchen kopf dieses schicksal ereilt, läßt sich nicht voraussagen.
eine interessante kombination ist das sich den kopf zerbrechen und das sich auf den kopf stellen. dabei wird manchmal manches aus dem kopf herausgebeutelt. kopfstaub, kopfsand, kopfzement, kopfbeton, kopfgrind, kopfschrund, kopfkitt, kopfleim, kopffett, kopfdreck, kopfschlamm und kopfgatsch.
von all dem und all dem kopfzerbrochenen kann man einen langen hals kriegen, und man kann es in den falschen hals bekommen. deshalb ist es angebracht, sich davon abzuwenden, um sich dem zuwenden zu können, was einfacher ist. das augenauskratzen.

mein kopf, der kropf. mein kopf ist kugelrund, agglutiniert und amortisiert, bisweilen elaboriert, bisweilen retardiert.
in meinem kopf geht es zu. und wie es zugeht in meinem kopf. aber nichts geht vor in meinem kopf, auch nichts vor und zurück und schon gar nichts geht zurück in meinem kopf. aber in meinen kopf ginge auch nichts hinein und aus meinem kopf ginge auch nichts heraus. auch schaut nichts heraus aus meinem kopf und nichts scheint hinein in meinen kopf. aber mein kopf platzt auch nicht. es hat aber auch nichts platz in meinem kopf.
unter meinem kopf hat etwas platz. unter meinem kopf hat das platz, was in meinem kopf nicht platz hat. mein kopfpolster zum beispiel. all das, was nicht in meinem kopf platz hat, sondern unter ihm, das hat auch unterhalb meines kopfes platz. das ist unter anderem das, was sich auf dem kopfpolster abzeichnet. der abdruck eines kopfes zum beispiel. mein kopfabdruck auf dem kopfpolster. oder auch der abdruck einer platzwunde auf meinem kopfpolster. und die platzwunde selbst wäre das beispiel für all das, was auf meinem kopf platz hat.
all das, was auf meinem kopf nicht platz hat, hat wiederum unter meinem kopf sowie unterhalb meines kopfes platz. zum beispiel das, was den kragen platzen läßt. das, was den kragen platzen läßt, ließe sich dem vergleichen, was den kopf hängen läßt.
mein kugelrunder, agglutinierender und amortisierter, bisweilen elaborierter, bisweilen retardierter kopf redet sich bisweilen um kopf und kragen. dann geht von meinem kopf, in dem nichts vor und auch nichts vor sich geht, viel aus. zum beispiel ein kopfgeld. oder eine kopfwäsche. oder eine kopfgeburt.

zuerst sich zu füßen legen oder zuletzt sich zu füßen legen. vorher oder nachher, früher oder später. auf jeden fall früher oder später und in jedem fall ohne wenn und aber. und ohne mit der wimper zu zucken sowie unter allen umständen, was auch immer das heißen mag.
heißt sich zu füßen legen weiche knie bekommen oder heißt sich zu füßen legen in die knie gehen. oder heißt sich zu füßen legen weiche knie bekommen und in die knie gehen, also mit weichen knien in die knie gegangen sich zu füßen legen. so mit weichen knien in die knie gegangen sich zu füßen gelegt, kann es vorkommen, daß nichts beim alten bleibt. heißt nun nichts bleibt beim alten alles wird anders oder heißt nichts bleibt beim alten aber alles erscheint anders.
mir auf jeden fall erscheint alles anders, wenn nichts beim alten bleibt, ob mit weichen knien, ob zu füßen gelegt oder in die knie gegangen. allerdings erscheint mir unter bestimmten umständen auch alles anders, wenn alles beim alten bleibt. dann nämlich, wenn sich mir etwas zu füßen legt. das, was sich mir zu füßen legt, liegt in meilenweiter ferne, so nah es mir auch scheint, und erscheint mir in wechselnder gestalt. bisweilen als fauler zauber, bisweilen als schöner schein, bisweilen als schöner schwindel. dergestalt gebannt vom faulen zauber, geblendet vom schönen schein und betört vom schönen schwindel werden die knie noch weicher, und doppelt in die knie gegangen wirft es mich vor die füße. vor die füße dessen, der mir hin und wieder zu füßen liegt und gegen den kein kraut gewachsen ist. so besteht die eine möglichkeit darin, dem mir zu füßen gelegten zu erliegen. die andere möglichkeit besteht darin, mir den mir zu füßen gelegten einzuverleiben. unter bestimmten umständen mit haut und haar, auf jeden fall ganz und gar, was auch

immer das heißen mag, und ohne nachher mit der wimper zu zucken. vorher jedoch heißt es noch, mich zu füßen zu legen. endlich einmal. um endlich einmal zu füßen gelegt mich zur ruhe setzen zu können. im besten fall für immer, im schlechtesten fall bis später.

herz ausschütten, haare raufen, augen aus dem kopf weinen, nicht mehr, aber auch nicht weniger. oder doch etwas mehr und etwas weniger. etwas mehr zum beispiel heißt herz ausschütten, ein herz und eine seele sein, das herz brechen. etwas weniger zum beispiel heißt ausschütten, raufen, weinen. nicht mehr, aber auch nicht weniger von dieser sorte worte oder wörter so verbunden zu verwenden, ist möglich und keine schande. nie mehr diese sorte worte oder wörter so verbunden oder unverbunden zu verwenden, ist auch möglich und auch keine schande. ebenso möglich ist es, diese sorte worte oder wörter verbunden mit einer anderen sorte zu verwenden. das heißt dann zum beispiel herz ausschlachten, haare ausreißen, augen aus dem kopf reißen oder herz austauschen, haare spalten, augen aus dem kopf kratzen.
darüberhinaus ist zum beispiel die stirn bieten, rache schmieden, um einen kopf kürzer machen möglich. was in verbindung mit über den eigenen schatten springen, über sich selbst hinauswachsen, die kurve kriegen, gebotener stirn über den eigenen schatten springen, geschmiedeter rache über sich selbst hinauswachsen, um einen kopf kürzer gemacht die kurve kriegen heißt. gegebenenfalls sogar in verbindung mit unter den eigenen schatten springen, in sich selbst hineinwachsen, eine krise kriegen. das alles ist möglich, keine schande und gegebenenfalls sogar obligat. ob nun in verbindung mit zu kreuze kriechen, in der tinte sitzen oder ins gras beißen

oder nicht. darüberhinaus und nachwievor ist zum beispiel einen hieb haben und keinen hieb haben gleichzeitig möglich, gleichzeitig zu verwenden und gleichzeitig zu verbinden. mir wenigstens, wenigstens mir.

allerdings muß, was zu verwenden oder zu verbinden ist, nicht unbedingt zu gebrauchen sein. da der gebrauch der worte oder wörter von vielen zungen ausgeht, in viele zungen mündet und mit gespaltener oder ungespaltener, loser oder gebundener zunge vor sich geht, erfolgt er unabhängig von deren verwendbarkeit oder verbindbarkeit. der worte wie der wörter gebrauch führt zu einem brauch, den schlüsselworte oder schlüsselwörter markieren oder säumen. auch schlüssellochworte oder schlüssellochwörter. und je nach gespaltener oder ungespaltener, loser oder gebundener vielzüngigkeit zeugen schlüsselromane oder schlüssellochromane davon. mit welchen sorten von worten oder wörtern gespickt auch immer. auch das ist möglich, keine schande, gegebenenfalls sogar obligat oder obligatorisch.

all diese wortsorten oder wörtersorten sind mögliche handlungen wie haltungen ein und desselben zungenfonds verschiedenen zungenschlages. als solche keine schande, sind sie vom sterben und aussterben bedroht. um das zu verhindern, muß kopf und kragen riskiert werden. das kann den kopf kosten, das kann den kragen kosten. es kann kopflos machen, es kann kragenlos machen. aber nur so kann es gelingen, das sterben, aussterben oder gar ausstopfen zu verhindern. was nicht immer gelingt. gestorbene, ausgestorbene oder gar ausgestopfte handlungen wie haltungen sind die mögliche folge. auch die unmögliche. aber die frage, wie sie verwenden und in welcher verbindung, darf nicht aus den augen verloren werden. darüber hinaus, nach wie vor und fürderhin nicht.

was heißt, es heißt. heißt, mir nichts dir nichts zu sich kommen blitzschnell zu etwas kommen, oder heißt es blitzschnell zu nichts kommen. ob blitzschnell oder nicht, zu etwas kommen kann heißen, zu viel oder zu wenig kommen, und es kann heißen, zu viel oder zu wenig zu bekommen. es kommt darauf an. zu viel gekommen zu sein kann heißen, genug bekommen zu haben. aber was heißt schon genug. genug kann heißen, gerade genügend viel, das heißt maßlos wenig bekommen zu haben. genauso gut aber kann es auch heißen, zu maßlos viel gekommen zu sein. ja, die valenzen von opulenz und frugalität sind weitgefächert, schwanken immens und sind abhängig von den unterschiedlichsten konstanten und variablen, das heißt, von breitengrad und geistesverfassung, gemeinwesen und wetterlage, tageslicht und nachtbeleuchtung, abendlandleben und morgenlandleben, um nur einige zu nennen.
das heißt, das, was in dawson city, in kennelbach und auf honolulu viel ist oder zumindest viel zu sein scheint, kann in alma ata, in vöcklabruck und auf bornholm wenig sein oder scheinen. und es kann heißen, daß das, was in den augen eines vampirs oder eines vamps viel ist oder zu sein scheint, in den augen eines hit man oder einer lebedame wenig ist oder zu sein scheint. was soviel heißt, daß das, was in meinen augen viel ist oder zu sein scheint, in anderen augen wenig sein kann oder zu sein scheint. heißt nun in meinen augen gesehen mit meinen augen oder von mir aus gesehen und heißt das, daß etwas, was von sich aus blick- und glanzlos ist oder zu sein scheint, blick und glanz bekommt, da es von mir gesehen, das heißt angeblickt wird.
ob blitzschnell oder nicht zu nichts kommen, heißt einiges. es kommt darauf an, was. heißt wie du mir so ich dir aug um aug, zahn um zahn oder heißt es rache ist süß.

wenn es aug um aug, zahn um zahn heißt, kann es auch aug um aug, zahn um zahn, zeh um zeh heißen oder gar aug um aug, zahn um zahn, zeh um zeh, haar um haar, zum beispiel. und das kann dann heißen haut abziehen, haar ausreißen, zeh brechen, zahn einschlagen, aug ausstechen. aug ausgestochen, zahn eingeschlagen, zeh gebrochen, haar ausgerissen, haut abgezogen. das sind einige der beispiele, die seit ewigen zeiten angewendet und ausgeführt werden. und da zeit nicht wartet und keine gnade kennt, werden sie fürderhin und bis in alle ewigkeit amen gültigkeit haben.

ob das beispiel herz um herz dazu gehört oder nicht, ist schwer zu sagen. zwar heißt es das herz wie den zeh brechen, jedoch ist der gebrochene zeh etwas anderes als das gebrochene herz. das herz, einmal gebrochen, wächst im gegensatz zum zeh ja nicht mehr zusammen. es zerbricht zwar nicht mir nichts dir nichts, aber zerfällt im lauf der zeit doch stück für stück bis zur spurlosigkeit. dann bleibt herzlosigkeit. diese ist weder ein desiderat noch ein geschenk gottes. weshalb es auch an entscheidender stelle mit zeilenbruch heißt, hast du das herz, dem du dich verbunden, dem deinen gleich, für werth befunden.

darauf kommt es an. und ob es, wenn es aug um aug, zahn um zahn, zeh um zeh heißt, es auch lippe um lippe, rippe um rippe, gerippe um gerippe heißen kann. oder doch nicht.

wenn allerdings wie du mir so ich dir nicht aug um aug, zahn um zahn heißt, sondern rache ist süß, dann kommt es zu anderen schlußfolgerungen. aus süßer rache kann süß-saure rache werden und daraus saure rache. es kommt darauf an, welches gefühl im spiel ist. nicht immer und überall läßt sich sagen, bei welcher racheart welche gefühlsart oder welcher gefühlswahn welche rolle spielt. je genauer das gefühl, desto süßer die rache. so heißt es und so wird es wohl

sein. wer sich beim rächen die finger nie verbrennt, ist ein besonders genauer und passionierter rächer. wer allerdings sich beim rauchen nie die finger verbrennt, ist ein genauer und passionierter raucher oder aber auch nicht. denn beim rächen kommt es auf etwas anderes an als beim rauchen. besonders genaue, passionierte und unermüdliche raucher rauchen auch während des rächens. und umgekehrt. bei pensionierten rächern oder rauchern ist das nicht so klar. an und für sich heißt rächen an und mit der rache arbeiten, rache ausüben, rache nehmen. das heißt unbarmherzig handeln, gnadenlos sein. rachearbeit ist eine der schwersten aufgaben des lebens. wehe dem, der sie schlampig ausführt. diesem blüht einiges, vom in den sauren apfel beißen bis zum ins gras beißen.
nun heißt ins gras beißen nicht, auf gras beißen zu können, wie auch es geht einem auf die nerven nicht heißt, auf den nerven gehen zu können. das ist bedauerlich, aber wahrscheinlich nicht zu ändern. jedenfalls nicht mir nichts dir nichts, also nicht blitzschnell, nicht gleich einem geölten blitz, nicht wie ein pfitschipfeil. das heißt, es ist nicht aus dem ärmel zu schütteln. von einer sekunde auf die andere. wer weiß.
wer weiß, was es heißt heißt. und was es vielleicht verheißt.
verheißungsvolles es heißt.
verheißungsvolles heißes, verheißungsvolles kaltes es heißt.

gilt es, meine existenz zu überleben, oder gilt es, meine existenz zu überlegen. mein verstand sagt mir, es gilt sie zu überleben. mein gefühl sagt mir, es gilt sie zu überlegen. für beide existenzformen gilt die frage, wie es tun. aug um aug, zahn um zahn oder mit zu-

sammengebissenen zähnen, mit händen und füßen oder auf allen vieren, sehenden auges oder verschlossenen herzens. mit verstand, ohne verstand. mit gefühl, ohne gefühl. mit verstand, aber ohne gefühl, ohne verstand, aber mit gefühl. um der existenz zu begegnen, sind alle kombinationen möglich und angebracht. das sagt mir meine intuition. es aug um aug, zahn um zahn, mit händen und füßen und sehenden auges tun ist ebenso einfach wie schwierig wie es mit zusammengebissenen zähnen, auf allen vieren und mit verschlossenem herzen tun. ebenso einfach wie schwierig deshalb, weil existieren an und für sich so einfach wie schwierig ist. es kommt auf die perspektive an. allerdings bewirken diese zwei unterschiedlichen techniken, existent zu sein, verschiedenes. die eine erhellt, die andere verfinstert. sowohl die existenz wie auch die welt. welterhellung, weltverfinsterung. existenzerhellung, existenzverfinsterung. aber sowohl erhellung als auch verfinsterung können verhindern oder auslösen, existent zu sein. inexistent zu sein übrigens auch. es kommt auf die perspektive an.
existent zu sein, liegt auf der hand. inexistent zu sein, liegt in der natur. wobei die frage ist, auf wessen hand, in welcher natur.
hartnäckig und beharrlich verlangt das überleben der existenz taktik und hingabe, das überlegen takt und list. taktisch und hingebungsvoll sowie taktvoll und listenreich vorzugehen, erfordert allerlei kunstfertigkeit und mannigfaltige kunstgriffe, da es in der natur der existenz liegt, zu insistieren, um nicht selbst unterzugehen. das ist der kampf der existenz um existenz, der ständig geführt wird, mit oder ohne erfolg. mit oder ohne erfolg gilt es meine existenz gut überlebt zu überlegen oder gut überlegt zu überleben, oder es gilt gar, sie weder zu überleben noch zu überlegen, sondern einfach auszulegen. was schwierig ist.

es ist aufs spiel zu setzen. auf jeden fall und unter allen umständen. was aber, ja, aber was.
an erster stelle ist das aufs spiel zu setzen, was zur neige geht. ja, und vor allem auch das, was schon immer und je im zur neige gehen begriffen war. zur bitteren oder zur süßen neige oder gar zur bitteren oder zur süßen neigung. an zweiter stelle das, was in frage zu stellen ist. und im weiteren auch das in frage zu stellende in frage zu stellende. und an dritter stelle das, was auf des messers schneide liegt. an jeder stelle und immer ist das aufs spiel zu setzen, was zu verstehen ist. von vornherein, ohne wenn und aber. um unterscheiden zu lernen. wie das zu verstehen ist, steht in sternen und eingeweiden geschrieben. was in bestimmten weltgegenden unverständnis und verständnislosigkeit hervorruft, da in diesen weltgegenden das, wie es zu verstehen ist, nicht in sternen und eingeweiden, sondern auf einem anderen blatt geschrieben steht. entsteht mißverstehen, dann besteht ja noch hoffnung, daß das aufs spiel gesetzte zu verstehende zwar unverstanden, aber doch unvergessen bleibt.
o unvergeßbares unverstandenes, mißverstehbar begreifbar, o mißverstehbares mißzuverstehendes, unmißverständlich unbegreifbar. vielleicht ist das nicht zu verstehen, aber möglicherweise zu begreifen.
gut aufs spiel gesetztes, schlecht aufs spiel gesetztes, je nachdem, glück im spiel, unglück oder pech in der liebe oder umgekehrt.
um sich aufs spiel zu setzen, muß man sich ganz schön ins zeug legen, ja bisweilen auch in die schale werfen. es ist sowohl ein aussetzen wie ein sich aussetzen und dergestalt ein akt, der am elegantesten vom scheitel bis zur sohle, mit haut und haar, bis aufs hemd vollzogen wird und nichts voraussetzt außer voraussetzungslosigkeit, unbedingtheit und gnadenlosigkeit.

dabei ist allerdings einigem die stirn zu bieten. mannigfaltige verführungen, diverse ablenkungen, verschiedene verblendungen lauern am wege seiner ausführung, und der einsatz, für den es keinen ersatz gibt, ist hoch. kein kinderspiel, jedoch manchmal ringelspiel, mit eigenen ungeschriebenen gesetzen und regeln, bedeutet sich aufs spiel setzen alles aufs spiel setzen. alles, das ist der leib und die seele, der anwesende und der abwesende geist, die fünf bis sechs sinne.
nichts aufs spiel setzen bedeutet alles in den sand setzen, gesetzt haben und gesetzt haben werden. es verspielt haben, unwiederbringlich.
für immer ausgespielt haben. für immer und ewig ende, aus, finito, fin, fim.

der überblick hat mich verloren. das ist mir anzusehen. an der nasenspitze, am schweisse meines angesichts, an den zu berge stehenden haaren. er hat mich aus dem auge verloren. nicht nur für einen augenblick. das ist von einem augenblick auf den anderen geschehen, so daß sogar der böse blick kein auge mehr auf mich wirft. was zur folge hat, daß das, was geschieht und zu sehen ist, sich blicklos ansieht und blicklos ausschaut. blicklos. überblicklos. so schaut es aus. und wie es ausschaut. schön schaut es aus. das ist nicht zu übersehen. wie schön, ist nicht zu überblicken.
so schaut es aus mit dem überblick, der mich verloren hat. ihn wiederum hat seinerseits die übersicht verloren, die mich nie hatte. was da geschehen ist, ist schwer zu sagen. vom geschehen ist zu sagen, daß es von anfang an kaum etwas zu überblicken in der lage und

fast alles zu übersehen imstande war. was zur folge hat, daß es fast nicht zu sehen ist und kaum ein auge auf es fällt. um dieses geschehen ist es also geschehen.
nun haben überblick, übersicht und geschehen auch noch einander und mich aus dem auge und aus dem sinn verloren. sie haben sich in etwas verschaut, was nach mir ausschaut, aber das gegenteil von mir ist. das macht mir keinen kummer, da das, was nach mir ausschaut und nicht mein gegenteil ist, mich nicht verloren hat. der liebeskummer.
der liebeskummer hat mich nicht verloren und auch nicht verlassen. ein auge hat er stets auf mich geworfen. ob mir zuliebe oder sich zuliebe, ist schwer zu sagen. fast immer anwesend, kümmert er sich um mein wohl, mein befinden und mein wohlbefinden, ist er bekümmert um leib und seele, herz und milz, leber, galle und nieren. das ist mir bisweilen anzusehen. dann geschieht es, daß es mir gelingt, mich hinaus und auf die suche zu begeben. auf die suche nach etwas, was verlustig gegangen ist. weit ist es nicht her mit dieser suche. mir fallen schnell die augen zu, was meine rückkehr in des liebeskummers schoß beschleunigt.
fast nie abwesend, zieht er sich doch zuweilen zurück, der liebeskummer, von mir. von sich aus, von mir aus. in sich, in mir oder in mich. je nachdem. sein rückzug ist begleitet von phantasmen und phantomen wie phantomschmerzen. phantomschmerzen sind die schmerzen der phantome, die die liebe erzeugt. phantomliebesschmerz, liebesphantomschmerz. phantomschmerzen sind die phantome der schmerzen, die liebe erzeugen. unter allen umständen, in allen lebenslagen, mit allen mitteln. sie treten ihrerseits in vielerlei gestalt auf und zeitigen vielerlei wirkung.
da aber mein liebeskummer einen hieb hat, ist sein rückzug nicht

von dauer. auf seinen hieb ist wie auf ihn selber verlaß. sie stehen sogar in reih und glied. zuverlässig bewacht mich bei tag und bei nacht der liebeskummer zusammen mit seinem hieb. der zu meinem hieb geworden ist. sein dasein ist mein wachsein, mein schwachsein, mein schwachsinn. es ist mir anzusehen. das ist ein anblick. mein anblick.

mit oder ohne gefühl von der hand in den mund. leben oder sterben oder doch etwas tun, was dazwischen liegt, gelegen ist oder kommt. kommt es ungelegen, bleibt zu erwägen, in welcher lage das, was dazwischen zu tun ist, getan werden soll, kann oder muß. liegend oder stehend, gehend oder kriechend, rennend oder schreitend. auf jeden fall aber gut und nicht schlecht aufgelegt mit oder ohne gefühl. das tun dazwischen kann darin bestehen, etwas anzufangen, fortzuführen sowie aufzugeben oder zu beenden. beim anfangen ist auf das dem anfang vorangehende zu achten und darauf, welcher anschluß welchem schluß folgen soll. beim fortführen ist das augenmerk gleichzeitig aufs entlegene wie aufs naheliegende zu richten, damit weder zuviel noch zuwenig vom einen oder anderen verlorengeht oder einfließt. das heißt allerdings nicht, daß hin und wieder nicht vom einen oder anderen etwas mehr oder weniger zur fortführung genommen werden soll, kann oder darf. zum aufgeben wie zum beenden gehört, es lassen zu können, das heißt, es zu ende zu bringen, ohne es wirklich aufzugeben, was soviel heißt wie den beschluß zu fassen es abzuschließen, ohne schluß zu machen. das wiederum heißt, einen schluß zu finden, ohne einen schlußstrich ziehen zu müssen.
von der hand in den mund ist das erste dispositiv des handelns, das

eine sicht auf die welt und eine anschauung von ihr und ihrer pragmatik gibt, mit der hand in den mund ist das zweite und unter der hand in den mund das dritte. jedes davon erfordert zähe ausdauer und beharrliche insistenz in der ausführung, und allen dreien liegt ein und dasselbe modell zugrunde. jenes modell, das getragen wird von der idee, der mund sei mittelpunkt und omphalos der welt, also ursprung und ursache allen weltgeschehens wie aller weltbewegung und lenke hiermit der weltpragmatik lauf und gesetzmäßigkeit.
mit der hand in den mund erfordert höchste geschicklichkeit und feinste fingerfertigkeit. es kann einfach in den mund genommen werden, falsch oder richtig, es kann aber auch einfach auf die zunge gelegt werden und auf ihr zergehen. gut oder schlecht. gut zergangenes schmeckt nach ambrosia und riecht nach ambra, von schlecht zergangenem wird einem einfach schlecht.
falsch in den mund genommenes kann diesen verbrennen, und dazu zunge und schlund. verbrannter mund, verbrannte zunge, verbrannter schlund. o welch vorstellung, o welch einbildung, o welch ausmalung.
richtig in den mund genommenes erzeugt ein gespür für unterschied und unterschiedenes. das macht es möglich, zwischen dem, was der welt äußerlich, und dem, was der welt innerlich ist, das heißt, zwischen weltinnerem und weltäußerem zu unterscheiden sowie im weiteren zwischen dem, was die welt zusammenhält, und dem, was die welt auseinanderhält.
unter der hand in den mund empfiehlt es sich, wenn es von oder mit der hand nicht mehr geht, wobei es auf der hand liegt, daß die gefühlsfrage dabei außer acht zu lassen ist.
um es ganz ohne hand bewerkstelligen zu können, muß ein eigenes handwerk entwickelt werden, eines, das hand und fuß hat. viel-

leicht das handwerk des mundes, wodurch es möglich wird, vom handwerk zum mundwerk zu kommen, sozusagen von der handarbeit zur mundarbeit.

sich im zwischen oder inzwischen niederlassen, aufhalten oder aufhängen. das sind die bedingungen der möglichkeit für viel und vieles, was für sich spricht oder sich widerspricht. ob gleich, das heißt vor dem niederlassen und aufhalten, sich aufhängen oder ob nach dem niederlassen und aufhalten sich aufhängen, ist sofort nicht entscheidbar. und ob es überhaupt eine möglichkeit zur entscheidung gibt, ist entschieden anzuzweifeln.
gleich aufgehängt, erübrigt sich nicht nur viel und vieles, sondern alles.
nicht gleich aufgehängt, eröffnet sich in allem viel und vieles. klüfte, tun und fragen werfen sich auf. zum beispiel die frage, wo der hund begraben oder wo es liegt.
liegt es zwischen skylla und charybdis, adam und eva, hund und katz, maus und mann, david und goliath, mark und bein, stock und stein, strich und faden, meschugge und plemplem, tohuwabohu und chaos, purgatorium und präfektorium, gottesacker und pfarrhaus, heaven and earth, lost and found, lost and lust, sense and sensibility, mercier et camier, rouge et noir, schwarz und weiß, pan i kram, orpheus und eurydike, unterwelt und oberwelt, anschluß und übergang, einstellung und einstellung, edelschrott und edelweiß, laut und luise, aufriß und abriß, fall und zufall, grund und abgrund, hammer und sichel, kimme und korn, grüß und gott, haut und haar, schall und rauch, el und elle, schnur und stracks, geist und reich, faustrecht und

freiheit, graffl und gramuri, gerümpel und gestell. oder liegt es zwischen oben und unten, links und rechts, hin und her, kreuz und quer, drunter und drüber, hinten und vorne, entweder und oder, füreinander und gegeneinander, davor und dahinter, vorher und nachher, früher oder später, hier und jetzt.
oder liegt es zwischen dem ähnlichen und dem unähnlichen oder gar zwischen dem ähnlichen und dem gleichen. oder liegt da der hund begraben. bunt oder gescheckt, gestreift oder gefleckt, schwer oder leicht auszugraben.
was sich tut, tut sich inzwischen oder dazwischen, geschieht also zwischendurch. der unterschied zwischen dem, was zwischendurch geschieht, und dem, was inzwischen geschieht, ist leicht auszumachen. anders verhält es sich mit dem, was inzwischen, und dem, was dazwischen geschieht. vom unterschied zwischen dem, was alles zwischendurch nicht geschieht, und dem, was alles inzwischen oder dazwischen nicht geschieht, ganz zu schweigen. und ganz und gar zu schweigen von dem, was alles zwischendurch, inzwischen oder dazwischen geschehen könnte oder sollte. oder nicht.
das zwischendurch, inzwischen oder dazwischen geschehene nicht zu unterbrechen, ist das eine. es kann mit oder ohne geräusch vor sich gehen und viel und vieles hinterlassen. oder hinter sich lassen. es zu unterbrechen, ist das andere. auch kann das mit oder ohne geräusch vor sich gehen und viel und vieles hinterlassen oder hinter sich lassen, erfordert aber zusätzlich ein hohes maß an deutlichkeit, eindeutigkeit und taktgefühl, da es einfacher ist, etwas ohne unterbrechung vor sich gehen zu lassen als mit unterbrechung. so wie es einfacher ist, das unterbrochene zusammenzufügen als das ununterbrochene auseinanderzunehmen. letzteres braucht einen zwischenfall. den, der vom himmel fällt, damit das, was ohne unter-

brechung vor sich geht, mit unterbrechung, aber doch weiter vor sich gehen kann.
und zwischen all dem geht es um zwischen oder wischen. zuerst aufwischen, dann abwischen und verwischen, um das ganze wischi waschi vom tisch zu wischen.

auf des messers schneide ist gut ruhen. gut geruht läßt sich von seiner schneide aus viel und vieles überblicken, erblicken und erschauen. schauerliches wie schauderbares, sonderbares wie wunderbares, wunderliches wie widerliches, liderliches wie gliederloses, ruchloses wie geruchloses, loses wie verwahrlostes, wahres wie unwahres, undeutliches wie undeutbares, ungeahntes wie ungeahndetes, unerledigtes wie abgelegenes, aufgegebenes wie gegebenes, gebeuteltes wie haufenweises, geschlichtetes wie aufgetakeltes, aufgefallenes wie eingefallenes und auch zusammengefallenes, gegenläufiges wie gegenwärtiges, modernes wie moderndes, loderndes wie lodenes, seidenes wie halbseidenes, halbwegs gelungenes wie mißlungenes und auch mißratenes, durchgebratenes wie durchgebranntes, dahergelaufenes wie hergelaufenes und auch zugelaufenes, zugegebenes wie ergebenes, hingegebenes wie hingerissenes, zerrissenes wie gewisses und auch ungewisses, vermeintliches wie gemeines, sachliches wie ursächliches. auf des messers schneide ist nicht nur gut ruhen, es läßt sich auch viel und vieles auf ihr tun. zum beispiel vages oder gewagtes. oder auch vages und gewagtes. beides gleichzeitig getan ergibt ausgewogenes oder ausgefallenes oder gar verwegenes, je nachdem, ob das vage oder das gewagte überwiegt oder überhand nimmt. nimmt

allerdings das eine allzusehr überhand, zerrinnt das andere ganz und gar unter den fingern. und umgekehrt.
das, was sich noch auf ihr tun läßt, ist ausgefallen oder ausgefeilt. sowohl das eine wie auch das andere kann, muß aber nicht auffällig werden. es kommt darauf an. auffälliges neigt bisweilen zum gefälligen, vornehmlich dann, wenn es äußerst auffällig sein möchte. insbesondere läßt sich naturschönes oder naturgemäßes auf ihr tun. nun geht weder das eine noch das andere natürlich vor sich, für beides sind kräfte gleichsam außerirdischer natur erforderlich, obwohl es nicht so ausschaut. und naturgemäß muß das naturschöne nicht von natur aus schön sein, wie ja das naturgemäße nicht immer der natur gemäß sein muß sowie eine naturschönheit nicht immer eine schönheit sein muß. wenn sich aber eine naturschönheit als schönheit offenbart, fällt ungekannter glanz auf messer und schneide und schärft des messers schneide und das auf ihr ruhen wie das auf ihr tun wird einfach, leicht und bisweilen gar federleicht und ungefügtes unmögliches fügt sich zum gefügten unmöglichen und fleisch wird blut und hab wird gut.
allerdings, auf jedes messers schneide scheiden sich die geister. pausenlos, gnadenlos, brotlos. gnadenbrotlos.

weder aus noch ein wissen, aber auf und davon wollen, das ist die erste möglichkeit, die einiges zur folge hat. weder aus noch ein wissen und sich den kopf zerbrechen, ist die zweite möglichkeit, die einiges zur folge hat. diese zwei möglichkeiten kommen bisweilen zusammen. weder aus noch ein wissen, aber auf und davon wollen und sich den kopf darüber zerbrechen, ist die dritte möglichkeit.

diese hat vieles zur folge, wovon mir schlecht und schwarz vor den augen wird und was mich dazu bringt, aus mir herauszugehen und in mich hineinzuhorchen.
weder aus noch ein wissen kennt nichts. besser gesagt, fast nichts. das, was es kennt, ist schwer zu erkennen, da es fast unkenntlich ist. woran es zu erkennen ist, ist schwer zu sagen, da es eindeutig eindeutiges weder kennt noch will. das hat seine gründe, die schwer zu ergründen sind, aber vieles zu bedenken geben.
weder aus noch ein wissen und nichts dabei denken, ist die eine sache. weder aus noch ein wissen und nichts dabei fühlen, ist die andere sache. beim weder aus noch ein wissen kann es vorkommen, daß denken und fühlen ununterscheidbar werden und somit ein gedanke zu einem gefühl und ein gefühl zu einem gedanken werden kann. diese entität ist eine tatsache. es kann einiges bei ihr herauskommen, was vieles bewirkt, auslöst und nach sich zieht. bisweilen ein geschwür, bisweilen ein gespür. kommt es zu einem geschwür, bleibt nicht viel zu sagen, aber vieles verbleibt zu spüren. wofür es gilt, ein gespür zu entwickeln. ein gespür gilt es auch zu entwickeln, wenn es notwendig wird, das gedanke gewordene gefühl wieder vom gefühl gewordenen gedanken zu scheiden. dieses scheiden tut weh, läßt sich aber bisweilen nicht vermeiden. nämlich dann nicht, wenn es notwendig wird, der sache des denkens wie der sache des fühlens ihre jeweilige ursache zurückzugeben. was auch immer das für die entität der jeweiligen tatsache heißen mag.
weder aus noch ein wissen heißt, entweder zu einem ende kommen oder zu keinem ende kommen. zu einem ende kommen wie zu keinem ende kommen sind zwei verheißungsvolle möglichkeiten, die einiges versprechen. die eine möglichkeit verspricht vorstellbares, die andere möglichkeit verspricht unvorstellbares. sowohl das vor-

stellbare wie das unvorstellbare kann wahr oder falsch sein. es kommt darauf an. es kommt darauf an, welchen umständen wahr oder falsch unterliegen. ob seidenweichen oder beinharten, sanftmütigen oder hartherzigen, barmherzigen oder gnadenlosen.
weder aus noch ein wissen ist ein zustand, von dem einiges ausgeht, was sich ausgeht oder nicht ausgeht. es ist der zustand, der mir gegeben ist. gleichsam von natur aus, von haus aus und von innen her. hie und da, auch hin und wieder, läßt er mich dies und das ahnen. es sind dies bestimmte wie unbestimmte ahnungen. ahnungen, daß einiges falsch ist, einiges wahr ist. wahre ahnungen, falsche ahnungen. ahnungen dessen, was wahr und falsch zu gleicher zeit sein kann, ahnungen dessen, was wahr und falsch am selben ort sein kann. schwierige ahnungen, schweres ahnen, da wahr und falsch zu bestimmten zeiten an bestimmten orten wahr oder falsch sein kann. allerdings läßt mich dieser mir gegebene zustand hie und da, auch hin und wieder, dies und das nicht ahnen, sondern vergessen. das ist dann ein ebenso schwieriges wie schweres vergessen, das bisweilen sogar an vergeßliches vergessen erinnert und zu einem aus und ein wissen führen kann.
aus und ein wissen stellt all das in frage sowie in den schatten und wirft sein licht auf die frage und ihren schatten. entweder einen lichtschatten oder ein schattenlicht.

mit mir ist nichts anzufangen, an mir ist nichts zu finden und hinter mir ist die sintflut. oder ist die sintflut schon längst vor mir, neben mir und um mich herum. aber vielleicht ist das ein trugbild und weder flut noch sintflut sind hinter oder vor oder neben mir oder um mich

herum, sondern sie sind hinter mir her, oder ist das ein trugschluß, und nichts und niemand, weder tier noch mensch sind hinter mir her, sondern es ist mein abbild, das hinter mir her hinkt und, schwer gezeichnet, bei guter beleuchtung für mein abziehbild zu halten ist, bei schlechter beleuchtung für mein nachbild. was sonst noch hinter mir her hinkt, schwebt mir vor, ist mir aber schleierhaft, und da es vielleicht nicht nur hinter mir her hinkt, sondern watschelt oder wackelt, ist es dergestalt für die watschelnde oder wackelnde chimäre meiner selbst zu halten.
das, was sich hier abzeichnet, für lug und trug zu halten, ist leicht möglich. für mich, die dazu neigt, mir und mich zu verwechseln, ist lug und trug schwer auseinanderzuhalten. bezeichnenderweise. wenn es mich nicht trügt. trügt es mich, kann das ganze eine täuschung sein. eine schlechte oder eine gute. gut getäuscht, läßt sich das ganze noch aufhalten. schlecht getäuscht, läßt sich das ganze nicht mehr aufhalten. oder ist es umgekehrt. aber vielleicht ist selbst das ganze oder gar das ganze selbst eine phantasmagorie, die nicht zu täuschen ist, nicht täuscht noch vortäuscht, und die für das, was sie scheint zu sein, zu halten ist.
für mich, die nicht nur dazu neigt, mir und mich zu verwechseln, sondern auch mir und mich mit sich, ist nicht nur lug und trug schwer auseinanderzuhalten. auch rat und tat, mark und bein, stock und stein, tür und angel, kain und abel, messer und gabel, kopf und kragen, haut und haar, licht und dunkel, schwarz und weiß. und erst recht oben und unten, vorne und hinten, links und rechts, laut und leise, gerade und schief, für und wider, dafür und dagegen, inmitten und daneben. es ist mir nicht gegeben, das alles auseinanderzuhalten.
ebenso nicht gegeben ist es mir, das alles und das nichts ausein-

anderzuhalten. daher ist es leicht möglich, daß das alles und das nichts eben nichts für mich sind. vielleicht aber auch nicht alles und nichts. aber was ist etwas für mich.
ist das für mich, was für sich ist, oder das, was bei sich ist. beiläufig. beiläufiges beisichsein ist eine mögliche verfassung, eine andere mögliche verfassung ist beiläufiges außersichsein. beide verfassungen sind enigmatischer natur, jedoch keineswegs schwer einzunehmen, und sie zeichnen sich durch ein und dasselbe merkmal der unfaßbarkeit aus. für mich ist es leichter, im außersichsein bei mir zu sein als im beisichsein. aber was für mich ist, läßt sich so leicht nicht sagen und erst recht nicht, was für mich spricht. und vielleicht ist es gerade das, was für mich zu sein oder zu sprechen scheint, das, was gegen mich ist oder spricht.
also einerseits das, was für mich ist, und andererseits das, was gegen mich ist. das, was von mir aus gegen mich ist, und das, was von sich aus gegen mich ist. zwischen dem von sich aus und dem von mir aus liegen welten. irdischer oder außerirdischer natur, je nachdem, von wo aus das ganze gesehen wird, von oben herab oder von unten hinauf. zwischen dem, was für mich ist, und dem, was gegen mich ist, liegen gewalten. naturgewalten. was spricht nun für mich und was spricht nun gegen mich. fürsprecher oder gegensprecher. gegen mich spricht das ganze. aber da das ganze sowieso von sich aus gegen sich spricht, kann es von mir aus so sein. oder auch so aus sein.

außer rand und band sein kann hand und fuß haben. oder auch nicht. hat es hand und fuß, ist es ein auf dem zahnfleisch gehen, das sich gewaschen hat. hat es nicht hand und fuß, ist es ein auf dem zahnfleisch gehen, das sich nicht gewaschen hat. beides geht durch mark und bein und es kann passieren, daß dabei verstand und vernunft verloren gehen und auch deren gründe.
mir geht dieses gehen bisweilen nicht nur durch mark und bein, sondern auch durchs hirn, sodaß mir das vermögen zu unterscheiden abhanden kommt. zu unterscheiden zwischen haben und nicht haben von hand und fuß. bisweilen sogar das vermögen, zwischen hand und fuß zu unterscheiden. es ist mir dann ein rätsel, ob es sich um meine hand oder um meinen fuß handelt, ob um mein oder dein, links oder rechts, oben oder unten, hinten oder vorne, schief oder gerade.
beim nicht gewaschenen auf dem zahnfleisch gehen geht der verstand verloren, beim gewaschenen die vernunft. geht der verstand verloren, ist eh nichts verloren. geht die vernunft verloren, ist auch nichts verloren. ja, bisweilen ist dabei sogar etwas gewonnen. o unvermutet gewonnenes. jenes etwas, das an das denken läßt, was kaum denkbar ist. jenes kaum erkennbare, das bisweilen kaum im zaum zu halten ist und das bisweilen spürbar werden kann, je nachdem, ob es sichtbar wird oder nicht. wird es sichtbar, wird etwas spürbar sichtbar. o spürbar gewordenes sichtbares etwas.
wird es nicht spürbar, bleibt es unsichtbar. dadurch wird manches denkbar. manches, also dies und das, was ansonsten schwer sich denken läßt. dies zum beispiel ist das gegenteil von kraut und rüben, das zum beispiel ist das vorderteil von einem hinterteil und dies und das zum beispiel ist das auf und ab als hin und her. o spürbar gewordenes unsichtbares etwas.

bisweilen allerdings ist auch mit dem verlieren von verstand und vernunft nichts gewonnen. diesem gewonnenen nichts wiederum kann etwas entgegengesetzt werden: das, was außer rand und band bringt. entlegenes, verwegenes von der einen seite, verlegenes oder verlegtes, vergebenes oder gar aufgegebenes von der anderen seite.
mein außer rand und band sein hat hand und fuß und geht vor sich. es wurzelt in der gleichzeitigkeit von aus den fugen und in den fugen sein. so gefügt bekommt mein außer rand und band sein zu hand und fuß noch ein gefüge. es hat dann hand und fuß und ein gefüge und entzieht sich somit sowohl dem verstand wie der vernunft und deren gründen.

auf allen vieren und zurück. gelegentlich. gelegentlich auch rückwärts, und nicht zurück. und gelegentlich sogar aufwärts und abwärts sowie himmelwärts. sang- und klanglos oder geräuschvoll. rückwärts ist es besonders erstrebenswert, da dann das, was vor einem liegt, nicht zu sehen ist. aufwärts ist es besonders heilsam, da das, was unter einem liegt, nicht mehr zu sehen ist. abwärts ist es besonders vorteilhaft, da das, was hinter einem liegt, nicht mehr zu sehen ist. und himmelwärts ist es besonders heilsam, vorteilhaft und erstrebenswert, da nichts mehr von allem, was unter oder vor oder hinter oder gar über einem liegt, zu sehen ist und je zu sehen sein wird.
wer es besonders gut rückwärts kann, vermag allerlei. wer es besonders gut aufwärts kann, verliert nie die fassung. wer es besonders gut abwärts kann, läßt nichts zu wünschen übrig. und wer

es besonders gut himmelwärts kann, wird fraglos zweifellos. auf jeden fall ist es sinnvoll, es immer und stetig in allen lebenslagen und unter allen umständen auf allen vieren zu können. ob es in jedem fall sinnvoll ist, es auf jeden fall immer und stetig zu wollen, ist ungewiß. auf jeden fall setzt besonders gut können gewiß ein hohes maß an übung und disziplin voraus und es wird zu einer solchen fertigkeit, als deren apotheose auf allen vieren wie geschmiert erscheint. wie geschmiert auf allen vieren ist eine bewährte fortbewegungsart, die im rutschen, kriechen oder gleiten vor sich geht. ob gerutscht, gekrochen oder geglitten, es ist nicht nur eine bewährte fortbewegungsart, sondern eine ebenso bewährte haltung. horizontal wie vertikal. sie einzunehmen erfordert ein hohes maß an ausdauer und genauigkeit, da geschmiert nicht geschmiert ist.
sich wie geschmiert auf allen vieren fortzubewegen geht gelegentlich an die nieren und auf die nerven. an die nieren geht es, wenn es ohne passion vor sich geht. auf die nerven geht es, wenn es mit ambition getan wird. auf jeden fall ist es unter allen umständen und in allen lebenslagen sinnvoller, es mit passion und nicht mit ambition zu tun. was ja in allen fällen für alles tun gilt.
meine fortbewegungsart ist immer und stetig die auf allen vieren und nicht zurück. nie zurück, weder dorthin noch irgendwohin. wenn wohin, dann dahin, wo woher keine frage mehr ist.
gelegentlich schleudert es mich auf allen vieren. hin und her, aber auch hin und hinunter, sowohl hinten hinunter wie auch vorne hinunter. in diesem fall kommt mir einerseits mein hang zum horizontalen zugute, andererseits meine fähigkeit, es mit händen und füssen, auf den knien und in reih und glied ebenso zu können.

sich ins eigene fleisch schneiden. sehenden auges, blutenden herzens. gut geschnitten, schlecht geschnitten. blutig oder unblutig. und nach dem ersten schnitt entscheiden, ob weiterschneiden oder nicht.
sich so lange ins eigene fleisch schneiden, bis es vom fleisch fällt, ist eine gute idee. es gehört beileibe nicht viel dazu, sie auszuführen. aber beileibe auch nicht wenig. einerseits des messers schärfe, andererseits des schicksals gnade. von der schärfe des messers und der gnade des schicksals sind gelingen oder mißlingen abhängig. oft steht es auf des messers schneide. das gut geschärfte ermöglicht saubere schnitte, das gnädige schicksal schnelle tode. in diesem fall kann auch von einer guten tat gesprochen werden. ist das messer unscharf und das schicksal ungnädig, bleibt die idee schlecht ausgeführt. das führt zu unsauberen schnitten und langsamen toden und zu allem überfluß dazu, daß nicht das ganze fleisch vom fleisch fällt. das ist eine schöne bescherung und riecht nach menschenfleisch. auch nach menschenfleiß.
das ins fleisch schneiden kennt zwei varianten. die eine variante ist die bekannte, die andere die unbekannte. nämlich die, bei der ins fremde fleisch geschnitten wird. das fremde fleisch kann zäher sein als das eigene, aber auch weicher. das zähe und das weiche läßt sich am eigenen und am fremden finden, und diese beiden kategorien sind nicht nur auf das fleisch, sondern auch auf den leib anwendbar, und zwar in verschiedenen kombinationen. zähes fleisch, zäher leib. weiches fleisch, weicher leib. zähes fleisch, weicher leib. weiches fleisch, zäher leib. ob diese opposition auch auf den geist anwendbar ist, läßt sich schwer sagen, da das in den geist schneiden beileibe keine tradition kennt und hat und es deshalb auch kein wissen über das zähe und das weiche des geistes gibt.

es sei also dahingestellt, welche konsistenz geist an und für sich aufweist, und erst recht geschnittener geist, ganz zu schweigen von ungeschnittenem geist.
wie lange ins eigene oder fremde fleisch geschnitten werden kann, soll oder muß, läßt sich ebenso schwer sagen wie wie lange es dauert, bis das fleisch vom fleisch fällt. das ist von fall zu fall, von fleisch zu fleisch, von leib zu leib verschieden.
mein fleisch fällt solange vom fleisch, bis es zerfällt, bis es verfällt. mit der zeit, bis aufs blut.

es geht unter die haut und krümmt kein haar. das ist so sonderbar wie wunderbar, ist doch nichts und niemand davon unberührbar, da das, was unter die haut geht und kein haar krümmt, nicht nur unter ihr verbleibt oder verschwindet, sondern sich auch unter ihr verliert. dieses sich unter ihr verlieren kennt mitunter keine grenzen, wie auch haut mitunter keine grenzen kennt. auch häute nicht. das ist nur scheinbar sonderbar und natürlich gibt es solche haut und solche haut, solche häute und solche häute, gibt es diese haut und jene haut. haut ist nicht haut.
haut, arm oder reich, dick oder dünn, fest oder weich, hart oder zart, schwarz oder weiß, solid oder ziseliert, rein oder unrein, sowie verzichtbar oder unverzichtbar. häute über häute. kopfhaut, hirnhaut. haut, bei lebendigem leibe abgezogen. haut, bei verwesendem leibe abgezogen. haut, auf den leib geschnitten, haut, aus dem gesicht geschnitten. haut, wie aus dem gesicht gerissen. hautfetzen, fetzenhaut. haut, von allen häuten im stich gelassen. haut, die es zu retten gilt. gerettete haut, unter der das eine wie das andere sich aufs äußer-

ste verliert. das eine geht unter die haut und krümmt kein haar. das andere geht unter die haut und krümmt ein haar. ungekrümmtes haar, gekrümmtes haar. das ist der unterschied, der fast alles zum unterschiedenen macht.
fast alles, was nicht unter die haut geht, bleibt entweder in der haut stecken oder an der haut haften. und erzeugt vielerlei regungen, während das, was nicht in ihr stecken oder an ihr haften bleibt, keinerlei regungen erzeugt, sondern sich in luft auflöst. mehr oder minder. und mit dem übrigen in luft aufgelösten eine luftlösung bildet. eine lösung aus luft, in luft aufgelöst. das kann eine gute lösung sein, nicht nur für all das, was nicht unter die haut geht, sondern auch für all das, was unter die haut geht.
unter aller haut, unter die es geht, spielt es sich ab. unscheinbar, aber wie. unbarmherzig, gnadenlos und unerbittlich gleicht das, was sich unter aller haut abspielt, dem, was sich auf aller haut abspielt. zeigt es sich, ob überhaupt und überall alles verspielt ist. herzeigbar oder nicht, vorzeigbar oder nicht.
was mir unter die haut geht, um die es mir geht, ist das auf den leib geschnittene. unvermeidbar und unabdingbar.

wogegen kein kraut gewachsen ist, da ist nichts vergeblich. da ist alles noch möglich. noch oder wieder oder schon. hinauf und hinunter, hinein und hinaus, von hinten und von vorne, von oben und von unten und darüber hinaus über sich hinaus und in sich hinein. das alles ist möglich. ob wahrscheinlich oder unwahrscheinlich, es kann der fall sein und kann zu fall bringen. von fall zu fall. mich zumindest, zumindest mich.

ebenso möglich ist es, über sich hinauszuwachsen wie in sich hineinzuwachsen. beides erfordert ein hohes maß an disziplin und übung. mir fällt sowohl das über sich hinauswachsen wie das in sich hineinwachsen schwer. leicht fällt mir nur, unter mein niveau zu fallen. unter mein niveau gefallen, scheint alles schon möglich geworden zu sein. schon oder schön. schon und schön.
über mich hinauszuwachsen fällt mir schwerer als in mich hineinzuwachsen, da in mir nichts vorfällt, alles still steht und kaltgestellt ist. noch schwerer fällt es mir, in etwas hineinzuwachsen. am schwersten fällt es mir aber, aus dem hineingewachsenen wieder herauszuwachsen. obwohl mir scheint, aus allem, was möglich ist, herausgewachsen zu sein. wahrscheinlich und gar nicht unwahrscheinlich auch aus allem, was unmöglich ist. obwohl mir scheint, eher mit all dem unmöglichen verwachsen zu sein als mit all dem möglichen, wächst es mir über den kopf. es und alles. aber auch nichts wächst mir bisweilen über den kopf. dem allem gewachsen zu sein, erfordert ein hohes maß an disziplin und aberglauben. und wenn mir das über den kopf gewachsene auch noch auf den kopf fällt, fällt es mir schwer, weiterhin darüber hinauszuwachsen. und vor allem aus dem herauszuwachsen, dem gewachsen zu sein mir nicht gegeben ist. das mir ans herz gewachsene, von dem es mir nicht gelingt, es mir aus dem herzen zu reißen.
das alles ist auf ein und demselben mist gewachsen. auf meinem. leicht fällt es mir nicht, darüber hinwegzukommen. das ist wahrscheinlich sogar unmöglich. aber leicht und möglich ist es mir, nicht nur unter mein niveau zu fallen, sondern auch unter meinem niveau anzuwachsen.

das licht der welt erblicken und sich nicht darum scheren. weder um das licht noch um die welt. worum sich aber dann scheren. vielleicht um den schatten der welt, vielleicht um die welt der schatten, deren wesen in ober- und unterwelt und in diesem zusammenhang vielleicht um das ende der welt. zu allerheiligen, zu allerseelen, am tag des jüngsten gerichts. das sind schöne aussichten, das sind die schönen aussichten, die einem blühen beim sich scheren um bestimmte weltphänomene.
das licht der welt kann ein lichtblick sein. ein zweischneidiger. einer der, gleich einem blitz aus heiterem himmel, erhellt, entflammt und entzündet, ohne in brand zu stecken, oder einer, der das erhellte, entflammte und entzündete in brand steckt.
wer von welchem dieser lichtblitze wann getroffen wird, bleibt im dunkeln. ebenso wann wie warum und wie. blinde, taube, stumme und taubstumme wie auch analphabeten und illiteraten sind nicht ausgenommen. eine ausnahme bilden unter bestimmten umständen alphabetisierte preussen, unter anderen bestimmten umständen alphabetisierte österreicher.
o lichtblicke, o lichtblitze, o geistesblitze. o je.
das licht der welt erblicken, sich nicht darum scheren und von luft und liebe leben. von reiner luft, von reiner liebe oder von dreckiger luft und dreckiger liebe oder von deren mannigfaltigen mischformen. dem sich von luft und liebe nährenden leben wird es nicht leicht gemacht auf dieser welt.
schon zu lebzeiten immer wieder vom aussterben bedroht, kämpft es ums überleben. mit den mitteln der praktischen wie instrumentellen vernunft, mit den werkzeugen der unvernunft und mit den waffen einer frau. wild um sich schlagend, rasend, besessen oder umsichtig, bedächtig, lautlos. von allen guten geistern verlassen

oder beseelt. je nach schicksalslage kann dem luftliebesleben das überleben gelingen oder nicht. wenn es sein eigenes überleben erlebt, dann gibt es darüber bisweilen ein wissen vom hörensagen. ach.
bei mit luft verknüpften liebesdingen ist vorsicht geboten, da es in windeseile passieren kann, daß die luft sich in luft auflöst. tritt das ein, muß das leben sich an liebe ohne luft gewöhnen. ein ersatzstoff könnte vielleicht feuer sein, was in bestimmten weltgegenden eine feuerfeste lebensliebe ergeben kann, nicht zu verwechseln mit feuerfester lebenslüge.
das licht der welt erblickt habend, meinen die einen, es gäbe kein zurück. denen blüht einiges. die anderen meinen, es gäbe ein zurück. wo dieses liegt, wie es zu erreichen ist und wie lange eine rückkehr dauerte, ist noch nicht zu beantworten. weder von den einen noch den anderen und auch nicht von den weltschattenwesen oder den schattenweltwesen.
das licht der welt erblicken, sich nicht darum scheren und nicht von luft und liebe, sondern vom geist und von der liebe zu leben, sei das wahre, meinen diejenigen, die meinen, es gäbe kein zurück. diejenigen, die meinen, es gäbe ein zurück, meinen, nicht von luft und liebe zu leben sei das wahre, sondern von fleisch und liebe.

sich verschauen, ohne mit der wimper zu zucken, ist eine perspektive. sich verschauen und mit der wimper zucken, ist auch eine perspektive, allerdings liegen welten zwischen den beiden, bisweilen gar darin begraben, aber ob das perspektive, das heißt aussichten sind und wenn, welche, läßt sich weder voraussehen noch voraussagen.

sich verschauen ist eine besondere tätigkeit des auges. und erzeugt, wenn es nicht durch ihn entsteht, den schielenden blick. dieses blickphänomen bewirkt eine besondere sehsensation, mittels derer es möglich wird, sich zu verschauen, ohne je auch nur ein auge auf die schau geworfen zu haben. das sagt die empirie und die ist keine schnapsidee.
sich in etwas zu verschauen erfordert ein anderes sehvermögen als das sichverschauen in ein lebewesen. sachen, dinge oder gegenstände schauen auf andere weise zurück als menschen, engel oder außerirdische. diese haben nämlich die angewohnheit, beim zurückschauen zurückzuschlagen. und das nicht nur versehentlich.
bisweilen gebietet es die realität, sich das verschaute vom leib zu halten. dafür gibt es verschiedene mittel, techniken und verhaltensweisen, die miteinander vermischt zur anwendung gelangen können. schreiendes oder schweigendes fuchteln gehört dazu wie das verziehen einer miene, das aus der haut fahren, das fletschen der zähne und der einsatz von leibwächtern, knoblauch oder gift. zum letzten mittel ist nur dann zu greifen, wenn alle stricke gerissen sein sollten.
fast jedes sich verschauen hat einen grund oder mehrere gründe. aber auch dem selten grundlosen sich verschauen liegen sowohl ursachen als auch wirkungen zugrunde, die schwer zu erkennen und auseinander zu halten sind, da sich nicht selten die ursache als wirkung und umgekehrt zeigt, gebärdet oder tarnt. darauf nicht hineinzufallen, fällt schwer und es kann für immer dabei bleiben, das ursächliche für die wirkung und umgekehrt zu halten. in diesen zwar seltenen, aber hartnäckigen fällen ist es angebracht, besonders genau hinzuschauen. trotzdem gelingt es manchmal nicht, dem grundlosen sich verschauthaben auf die schliche zu kommen, und

hinzu kommt, ob durchschaut oder undurchschaut, verschautes bleibt verschautes. wogegen die praxis sagt, verschüttetes muß nicht verschüttetes bleiben.
ursachen oder wirkungen des sich verschauens sind feuer fangen, feuer und flamme sein, durchs feuer gehen sowie den kopf verdrehen und im äußersten fall das handanhalten, um sie ins feuer oder im äußersten fall ins fegefeuer zu legen.
sich auch nur um eine haaresbreite verschaut haben, und alles kann völlig anders ausschauen. das sagt die erfahrung. von einer sekunde auf die andere kann man sich nicht mehr sehen lassen oder wird gleich gar nicht mehr angeschaut. da bleibt dann nichts mehr anderes übrig, als sich woanders umzuschauen.wonach wohl. nach anderen feuern, anderen flammen zum beispiel. oder nach ganz anderem. zum beispiel nach surrogaten, magnaten oder potentaten.
die erfahrung sagt aber auch, daß sich verschauen ein versehen ist oder zu einem solchen werden kann, sollte der verdrehte kopf sich nicht mehr zurückdrehen lassen. gnade dem menschen, dem das zustößt. ihm kann nicht geholfen werden, da in diesem kopfverdrehungsfall das handanhalten auch nichts nützt.
was empirie, praxis und erfahrung sagen und vermögen, ist eine geschichte. was das geschriebene sagt und beugt, ist eine andere geschichte. beim verschauen lautet es: ich verschaue mich, du verschaust dich, er verschaut sich, sie verschaut sich, es verschaut sich, wir verschauen uns, ihr verschaut euch, sie verschauen sich. beim versuchen lautet es: ich versuche mich, du versuchst mich, er versucht mich, es versucht mich, wir versuchen es, ihr versucht mich, sie versuchen mich, und beim verzehren: ich verzehre mich, du verzehrst ihn, er verzehrt sie, sie verzehrt sich, es verzehrt es, wir verzehren fisch, ihr verzehrt fleisch, sie verzehren gemüse.

so gesehen, das heißt angesichts dieser zwei versuchungs- und verzehrungsperspektiven ihrer vom geschriebenen diktierten beugungen hat das perspektiv des sich verschauens, ob ohne oder mit wimpern zu zucken, noch allerhand perspektiven, also doch aussichten, die, wie es empirie, praxis und erfahrung sagen, schöne aussichten auf verschauung sein können. bisweilen sogar ohne eine miene verziehen zu müssen.

alles einfach liegen und stehen lassen. darunter ein häuslicher herd, ein haufen gramuri, eine handvoll fetzen. dazwischen eine boa constructa, a living sculpture, un cœur simple. und daneben noch dieses und jenes, woran das herz hängt, der verstand nagt, der glaube versagt wie verzagt, sowie einiges, womit nicht zu scherzen ist, und einiges, wodurch einem die schuppen von den augen fallen. und unter anderem noch etliches, im schwinden und verschwinden begriffen, befallen von schwund im allgemeinen und schimmel im besonderen.
bei dem von schwund und schimmel befallenem handelt es sich um schund wie um dessen gegenteil. das, wodurch einem die schuppen von den augen fallen, läßt einen kein auge zudrücken. das, womit nicht zu scherzen ist, läßt sich von dem, womit zu scherzen ist, kaum unterscheiden. dort, wo der glaube versagt wie verzagt, bleibt das hand an sich legen. an dem, woran der verstand nagt, beißt man sich die zähne aus. von dem, woran das herz hängt, gefriert das blut in den adern. wenn einem nicht davon schlecht wird.
all das kann tadellos wie gnadenlos von mir geordnet oder ungeordnet einfach liegen oder stehen gelassen werden. tadellos wie

gnadenlos geordnet bringt es mich um den verstand, tadellos wie gnadenlos ungeordnet raubt es mir die letzten kräfte und so oder so geht es alles in allem auf keine kuhhaut. was das alles in allem nun heißt, sei, da es leichter dahergesagt als vorgestellt ist, dahingestellt.
da aber alles, was ist, ja nicht alles und einfach nicht einfach ist wie eben einmal auch nicht keinmal, heißt alles einfach liegen und stehen lassen im grunde genommen ja alles in allem nichts ist einfach liegen und stehen zu lassen, sondern alles ist zweifach, dreifach, ja mehrfach und mehrmals hin- und umzulegen, umzuschichten, umzustellen, ja, auch zu umstellen, um einen einblick in das, was alles zu sein scheint, aber nicht alles ist, zu bekommen. was leichter getan als gesagt ist. das ist mein eindruck, der aber trügen kann. vielleicht ist es auch schwerer getan als gesagt.
ob nun alles, was für sich oder gar an und für sich ist, alles ist, was ist, bleibt ebenso offen wie ob alles, was von sich aus ist, alles ist. und ganz und gar offen bleibt, ob von allem, was da so ist, etwas bleibt. übrig oder offen.

sein wesen treiben, aber wie mit diesem gleichzeitig auskommen, über die runden kommen und darüber hinwegkommen. über dessen grenzen wie begrenztheit. wie getrieben, umgetrieben oder umhergetrieben auch immer. und dazu kommt das auch begrenzte treiben seines doppelwesens.
nun kann das treibende wesen nicht nur ein doppelwesen sein, sondern es kann sogar eines haben. und in diesem kann sich ein triebwesen aufhalten. ja, jedem wesen sein triebwesen, jedem doppel-

wesen sein doppeltriebwesen. mit dem jeweils unerfindlichen wesen des triebes. hieb- und stichfest, hieb-, stich- und triebfest.
es existieren zwei wesensarten, die getrennt voneinander und in diversen mischformen vorkommen. in ihnen zeigt sich das üppige, heiße, strahlende, gut ausstaffierte, lustige, lebendige, gestillte, zarte, klare, diskrete, geschmeidige, anmutige, handsame, elegante, schlanke, verschwenderische, leichtfertige und wirkliche sowie das dürftige, eisige, farblose, schlecht ausstaffierte, fade, starre, rastlose, bittere, trübe, aufdringliche, grobschlächtige, plumpe, grobe, ordinäre, vollschlanke, geizige, zwanghafte und vermeintliche.
jedes dieser wesen hat einen charakter, ein ungeahntes ausmaß, eine unbestimmbare masse, eine bestimmbare masse und ein unglaubliches format.
sein charakter ist zwielichtig oder eindeutig oder zwielichtig und eindeutig, je nach herkunft, natur, interesse und konfession. er entfaltet sich gern zu den unmöglichsten zeiten und an den unglaublichsten orten. da blüht er auf, zeigt sich von seiner unerhörtesten seite, wird unberechenbar und unvorhersehbar und entwickelt ungekannte eigenschaften ohne eigenheiten. unvorstellbar bis zum moment ihres auftauchens, läßt sich die jeweilige charakteristische eigenschaft ohne eigenheit erst im augenblick des verschwindens der auf sie gerichteten aufmerksamkeit erkennen.
das alles mit den wesen und den trieben mag dem zwielichtigen charakter ein wenig untertrieben, dem eindeutigen charakter ein wenig übertrieben erscheinen. dem doppelcharakter allerdings mag es weder untertreibung noch übertreibung, sondern schiere beschreibung sein.
es kann zu einem vom eigenen wesen getrieben sein kommen. wohin auch immer, wie weit auch immer, wie weit zu zweit auch immer.

das scheint eine glänzende vorstellung, aufführung und nummer zu sein, solange der mensch noch alles übersieht. wenn dem nicht mehr so ist, dann sieht es anders aus und sowohl mensch als auch wesen erweisen sich selbst als getrieben. ob vor sich her, hinter sich zurück oder von sich weg, spielt in diesem fall keine rolle.
sehr wohl eine rolle spielt es, daß zum treiben seines eigenen wesens das treiben seines fremden wesens gehört. so wie zum regen die traufe, zum auf das ab. dieses findet sich innerhalb und außerhalb des eigenen triebgeschehens, das heißt, es ist vom eigenen und vom uneigenen fremden zu sprechen. wobei es nicht leicht fällt, das eine vom anderen zu unterscheiden. der mensch neigt nämlich dem eigenen fremden gegenüber zu noch stärkerer verkennung als gegenüber dem uneigenen fremden. das trifft gerade in der frage, welches wesen sein jeweiliges unwesen besonders durchtrieben treibt, zu.
triebe kennen keine manieren. manien schon. ungeschoren kommen sie trotzdem selten davon und auch sie treibt es um, auch sie treiben sich dort und da herum, auch ihnen treibt man es aus. bis zur unkenntlichkeit. auf sie zu verzichten, ist möglich. jedoch nur im verlust der unvernunft.
sein eigenes wesen treiben, sein fremdes wesen treiben. wesen, wesen, seis gewesen.
es auf des wesens spitze treiben. und dort oben dann verwesen.

eulen nach athen tragen nützt nichts mehr, auch aus mücken elefanten machen nützt nichts mehr und das aufbinden eines bären nützt auch nichts mehr und das laufen der laus über die leber nützt auch nichts mehr und das reiten des steckenpferdes nützt auch nichts mehr und den stier bei den hörnern packen nützt auch nichts mehr und eselsbrücken bauen nützt auch nichts mehr und der froschkönig nützt auch nichts mehr und das kreidefressen des wolfes nützt auch nichts mehr und das lausen des affen nützt auch nichts mehr und das waschen des waschbärs nützt auch nichts mehr und wie ein faultier faul sein nützt auch nichts mehr und wie ein schießhund aufpassen nützt auch nichts mehr und giraffenhälse haben nützt auch nichts mehr und vor die hunde gehen nützt auch nichts mehr und maulaffen feilhalten nützt auch nichts mehr und falsch wie eine schlange sein nützt auch nichts mehr und krokodilstränen vergießen nützt auch nichts mehr und das fressen der fliegen in der not nützt auch dem teufel nichts mehr und das aufzäumen des pferdes beim schwanz nützt auch nichts mehr und das ziehen des tigers beim schwanz nützt auch nichts mehr und würmer aus der nase ziehen nützt auch nichts mehr und munter wie ein fisch im wasser sein nützt auch nichts mehr und die flöhe husten hören nützt auch nichts mehr und zum ungeziefer werden nützt auch nichts mehr und das haben eines vogels nützt auch nichts mehr und das werfen der perlen vor die säue nützt auch nichts mehr. diese so einleuchtende wie verheerende, so erleichternde wie schwerwiegende und so erhebende wie niederschmetternde schlußfolgerung läßt zwei schlüsse zu. der erste besagt, daß alles so umsonst wie vergeblich ist, daß gar nichts mehr irgendetwas nützt, daß auch nirgendwo kein ort mehr ist, daß sogar dem unzeitgemäßen keine zeit mehr bleibt und daß schließlich und endlich alles endlich gewesen

sein wird. der zweite schluß besagt, daß, wenn es darauf ankommt, nichts mehr von nutzen ist als das, was eh nichts mehr nützt. daß es dann nichts mehr zu beschwören gilt als das nutzlose, in und mit lob- und preisgesängen, manchmal ein wenig mehr, manchmal ein wenig weniger, aber doch fürderhin, stetig und immerdar sei vom nutzen des nutzlosen zu singen, also von affe, bär, elefant, esel, eule, fisch, fliege, floh, froschkönig, giraffe, hund, krokodil, laus, maulaffe, mücke, pferd, sau, schießhund, schlange, steckenpferd, tiger, ungeziefer, vogel, waschbär, wolf und wurm.
und ihnen ist es in besonderem maße gegeben, ihr eigenes wesen zu treiben. aber nicht nur das. ihr jeweils eigenes wesen treibt auch sein eigenes wesen, indem es sich herumtreibt. und nicht nur das. auch geistert und wandert es herum, das jeweilige tierwesen, und das nicht nur in der ihm jeweils angestammten, vorgeschriebenen oder zugewiesenen haut, sondern auch in fremden häuten. wesenwanderung, vergleichbar der landauf, landab bekannten seelen- und geistwanderung, ja, das wandern ist nicht nur der seele und des geistes, sondern auch des wesens lust. von einer haut zur andern, von einer haut in die andere.
so kann sich zum beispiel affenwesen in bärenhaut finden, oder wolfswesen in schlangenhaut oder mückenwesen in tigerhaut oder fischwesen in mückenhaut oder giraffenwesen in elefantenhaut. um nur ein paar beispiele zu nennen, die eng mit entitätsfragen im allgemeinen wie im besonderen verknüpft sind.
wobei das lebewesen wurm in besonderem maße mit der entitätsfrage einerseits, andererseits mit der frage nach dem nutzen des nutzlosen verknüpft ist, setzt sich in ihm, dem wurm, doch der wurmfortsatz fort oder je nach phänomenologie im wurmfortsatz der wurm. je nachdem.

geld macht blind, kein geld macht nichts und geld oder leben macht keinen sinn. aber einen unsinn macht geld oder leben auch nicht. darin liegt der hund begraben. geld und leben könnte theoretisch wie praktisch einen sinn und einen unsinn machen, tut es aber sehr selten bis nie. das hat mit der natur des menschen per se zu tun sowie damit, daß nebukadnezar, der das geld erfunden hat, zuwenig davon erfunden hat. wie es so heißt.
geld läßt sich waschen, bleichen, stärken, glätten und bügeln. gut gewaschenes geld ist weniger rar als gut gebleichtes, gut gestärktes, gut geglättetes und gut gebügeltes. der prozeß des putzens und reinigens allerdings ist ein eigener, wenige menschen beherrschen diese technik und nicht jedes geld eignet sich dafür.
bestens allerdings läßt sich alles geld der welt stapeln, zählen und horten, leihen und ausleihen, anschauen, anlegen, ebenso auslegen wie verlegen und ausgeben. das läßt sich besonders schnell und wirkungsvoll tun und je mehr es auszugeben gibt, desto schneller und wirkungsvoller läßt es sich ausgeben, daher lautet ein logismus des geldes, genug ist nie genug, und ein anderer, ungenügsam der mensch, ungenügend der mammon. im geld ist der wurm drin. so oder so, theoretisch wie praktisch. wurmloses geld gibt es nicht, auch das reinst gewaschene ist nicht würmerfrei. irgendein geldwurm arbeitet ständig an geldkomplexen, geldansteckungen, geldinfarkten. seine arbeit am geld gleicht der des geldegels. kaum sichtbar, äußerst spürbar. vergeltungslos, unvergolten.
es gibt das geld und ein geld. beide sind ähnliche, aber doch voneinander unterschiedene realien. das zeigt sich vor allem in der verbindung mit haben. das geld haben gleicht nicht dem ein geld haben, aber ein geld haben gleicht auch nicht dem kein geld haben. dem ist hinzuzufügen, daß das einüben ins geld haben leichter von der

hand geht als das einüben ins kein geld haben. zum kein geld haben braucht der mensch in erster linie schneid, in zweiter schönes wetter und in dritter glück. und das in hülle und fülle. wenn das gelingt, kann dem menschen alles andere gestohlen werden.

hat der mensch geld, beliebt er in grosso modo dreierlei damit zu machen. er wirft es zum fenster hinaus, schwimmt in ihm oder bleibt auf ihm sitzen. das erste führt zu diversen geldbewegungen und geldanhäufungen vor dem fenster, das zweite hat esther williams vorgeführt und das dritte hat zur folge, daß es ihm zu den ohren herausstaubt.

trotzdem und nach wie vor und vorausgesetzt, der mensch will es haben, scheint das nach geld ausschau halten noch immer eine vernunftgemäße sache zu sein. überall und allerorten, in der prärie, in der puszta, in den alpen, in der wüste kann es herumliegen.

und dort, wo geld herumliegt, kann es auch aufgeklaubt werden. vorausgesetzt, ein mensch sieht es. einige menschen sehen es auf der stelle, einige menschen sehen es nach einiger zeit, einige menschen übersehen es.

einige menschen wiederum riechen es sogar auf der stelle, denn entgegen dem axiom pecunia non olet stinkt es. und wie. von einem kontinent zum anderen, von einer dynastie zur nächsten, von einer wäscherei in die nächste. ein geld wäscht das andere, geld währt am längsten und no money in poetry, no poetry in money. wie es so heißt.

ob kohle, marie oder zaster, geld ist nicht mehr wert.

von zeit zu zeit aufwachen, von fall zu fall aufstehen, im falle des falles sogar hinausgehen oder ausgehen. das sind die entscheidenden weltbegegnungs- und weltentgegnungsmodalitäten.
das, was vor dem aufwachen sich abspielt, in welchem schlaf auch immer, spottet jeder beschreibung und bleibt im dunkeln. meistens. wenn dem nicht so ist, erstrahlt es in gleißender helligkeit oder apokalyptischer grelle, beizeiten überscharf, beizeiten überbelichtet. aber das was dabei sichtbar wird, wird nicht immer gleichzeitig deutbar, geschweige denn erklärbar oder verstehbar. jeder schlaf hat seine eigenen spielregeln. und die im tief-, halb-, viertel- oder achtelschlaf sich abspielenden, von schicksalen, deren schlägen und wegen, irrungen und wirrungen, von verwirrungen und verwicklungen durchsetzten dramen entziehen sich per se dem verstehen diesseitiger vernunft. das heißt, sie entschlüsseln sich jenseitiger vernunft, die das ans tageslicht bringt, wovon nicht zu träumen ist.
zu bestimmten zeiten ist es günstig, dem schlafgeschehen zu entkommen, um das zuschnappen der schlaffalle zu verhindern. das braucht starke nerven und schmale hüften und dafür gibt es zwei möglichkeiten. die eine besteht darin, den schlaf zu überspringen, die andere darin, über den eigenen schlaf wie über den eigenen schatten zu springen. vom schlaf befreit zu sein, ist die eine sache. eine andere sache ist es, vom wachsein befreit zu sein, und noch eine andere sache ist es, vom sein befreit zu sein. wobei das nicht nur eine andere sache, sondern auch eine andere, zu einer anderen zeit und an einem anderen ort sich abspielende geschichte ist. vita activa prima, vita activa secunda, vita contemplativa.
hic et nunc allerdings dreht es sich um jene drei entscheidenden weltbegegnungs- und weltentgegnungsmodalitäten, die einen von zeit zu zeit, von fall zu fall und im falle des falles ergreifen.

beim aufwachen ist vorsicht geboten. kaum aufgestanden, kann das weltgeschehen plötzlich und jederzeit auf einen einstürzen. in nüchternem zustand. um sich dagegen zu wappnen, gibt es mehrere möglichkeiten. eine ist der verzehr und die einnahme von zigaretten und whisky pur, eine andere die von zigaretten und whisky soda und noch eine die von zigaretten und wodka. erstere pflegen die schnellaufwacher, zweitere die langsamaufwacher und die dritte pflegen die jähaufwacher. die wahl der mittel ist heikel, jedoch ohne eines von ihnen läßt sich dem wachsein schon gar nicht ins auge blicken. o schwere last des aufgewachtseins, o schwere last des nüchternseins.

beim aufstehen ist zu bedenken, daß es schwieriger ist, halbwegs aufzustehen als halbwegs liegenzubleiben. nach dem aufgestandensein empfiehlt es sich, herumzugehen, herumzuschlendern oder herumzugeistern. dabei kann gedacht werden. erhabenes und niedriges, glänzendes und mattes, metonymisches und metaphorisches. auch nachgedacht kann dabei werden. nicht zu empfehlen ist, dabei an etwas zu denken, da man dadurch auf alle möglichen gedanken kommen kann, die zu nichts weiter führen als zum undenkbaren. und das ist das schlechthin undankbare, das sowieso und immerdar zu wünschen übrig läßt, und erst recht zu fühlen. was nicht wünschenswert sein kann, schon gar nicht in aufrechter haltung. beim hinausgehen ist das aussehen zu beachten, beim ausgehen der richtige ausgang.

gefährlich ist sowohl das aufwachen wie das aufstehen als auch das hinausgehen wie das ausgehen. also vita contemplativa wie vita activa. bei den zwei letzten weltbegegnungsmodalitäten besteht die gefahr darin, auf ein anderes individuum zu treffen. dieses aufeinandertreffen, das zu einem aufeinanderprallen und aneinandergeraten werden kann, gefährdet leib, seele und geist. jede dieser drei instanzen kann dabei aus den fugen geraten, aus dem leim gehen oder sich das genick brechen. vielleicht ist es deshalb gescheiter, nach dem aufwachen und aufstehen nicht hinauszugehen oder auszugehen. vielleicht aber auch nicht, da zu bestimmten zeiten in bestimmten fällen auch auf sich selbst zu treffen lebensgefahr bedeutet. vielleicht ist es überhaupt am gescheitesten, gar nicht aufzuwachen. dann stellt sich die frage sein oder wachsein nicht mehr und an ihre stelle tritt die frage sein oder schwachsein.

wo gar nichts ist, kann noch nichts werden. vielleicht oder wahrscheinlich. wer das für unwahrscheinlich hält, möge sich ans wahrscheinliche des augenscheinlich unwahrscheinlichen halten. an jenes unwahrscheinliche, das weniger mit dem eigentlichen und wesentlichen gemein hat als mit dem unwesentlichen und unvermuteten, das unerwartet dort erscheint, wo es am unwahrscheinlichsten ist. an nach nichts ausschauenden schauplätzen. des nachts, wie aus der hitze des nichts kommend. bei nacht und nebel. vielleicht kann dort, wo gar nichts ist, noch nichts werden, weil es leichter geschieht, als es den anschein hat. vielleicht deshalb. wahrscheinlich deshalb, weil es nur scheinbar unmöglich, aber in wirklichkeit eben möglich ist. dort nämlich, wo aus gar nichts jenes nichts zum vorschein kommt, von dem etwas abfällt. etwas augenscheinlich unscheinbares, das seinen lichtschein auf das wirft, was, lichtscheu wie es ist, versucht, sich dem augenmerk zu entziehen.
und wo nichts geworden ist, kann noch fast nichts werden. fast nichts, kaum nichts oder beinahe nichts, das ist eine frage syllabler an-

schauung oder prosodischer neigung. ein wenig nichts, ein bißchen nichts oder etwas nichts kann, wo nichts geworden ist, auch noch werden. hin und wieder. je nach ordnungsprinzip oder systematisierungswahn läßt sich also von fast, kaum und beinahe oder von ein wenig, ein bißchen und etwas sprechen.
wie, wo gar nichts ist, noch nichts werden kann, läßt sich schwer beantworten. eine antwort findet sich möglicherweise dort, wo fast nichts von etwas kaum berührt wird, oder sie findet sich möglicherweise dort, wo fast nichts kaum etwas berührt.
wie das nichts naht, ist schwer vorherzusagen. manchmal taucht es wie aus dem nichts auf, manchmal erscheint es wie von ferne, auf leisen sohlen. wie immer es auch naht, es naht epiphanisch.
ob eine naht an diesem nichts verläuft oder nicht, ist schwer zu sagen. möglicherweise. dann ist dies eine nahtstelle, die ein drahtgestell sein kann, oder, andersherum, ein triebgestell oder gar eine triebfalte, die einem naturschlitz, dem ein geistesblitz entspringt, ähnelt. naht hin, naht her, nichts hin, nichts her, so schaut es aus.
all diese überlegungen zum nichts haben etwas an sich, das nach nichts ausschaut, bei dem aber einiges herausschaut, absteht und hervorlugt. das, was dabei herausschaut, ist inkompatibel. das, was davon absteht, ist irreversibel, und das, was darüber hinaus hervorlugt, ist idiosynkratisch. mein nichts schaut nach allem aus oder nach nichts. es kommt darauf an.

reinen wein einschenken. in der liebe, im gasthaus, in den katakomben. auf heuböden, auf der gasse, auf dem land. unter dem sternenhimmel, unter viadukten, unter qualen. aus not, aus notwendigkeit, aus nötigung. am boden, am sofa, am ende. mit einer absicht, mit einer hand, mit zwei händen. über den wolken, zwischen zeilen, bei gelegenheit. den göttern, den penaten, den mesusot.
der reine wein ist eine flüssigkeit, die von altersher als genußmittel zu den rauschmitteln der menschheit zählt. deshalb auch in vino puro veritas. reines opium und reines kokain sind ihm nicht vergleichbar. nicht zuletzt, da nur vom wein über die weine zum weinen zu kommen ist.
von der verwandlung reinen weins in reines wasser träumt der mensch schon seit jeher. er sieht dies als heilige handlung. was ihn nicht daran hindert, sowohl wein wie wasser schlecht zu behandeln. der vorgang der verwandlung vollzieht sich plötzlich oder schleichend, zufällig oder geplant, anarchisch oder geordnet, je nach können, wollen oder sollen, je nach region, religion oder fasson.
der übergang von der einen substanz in die andere dauert manchmal ewig, manchmal einen augenblick. transsubstantiationen sind per se kaum berechenbare, kaum vorhersehbare und kaum durchschaubare vorgänge. abweichungen von der erwarteten substanz kommen vor, ebenso einfache ableitungen wie merkwürdige metamorphosen. reiner wein kann zu reinem schnaps, reinem most oder reinem likör werden, aber auch zu reinem öl verschiedenster konsistenz wie schmieröl und kernöl. das sind die transsubstantiationsarten der ersten stufe. die der zweiten stufe bestehen aus undefinierbaren substanzen, gleichsam amorphen massen zwischen gatsch und gebräu, die gut zu trüben tassen passen. aber während die produkte der ersten stufe gut zu verzehren oder zu gebrauchen

sind, sind es die der zweiten nicht, und es ist kaum festzustellen, was aus ihnen je geworden ist, wird oder geworden sein wird.
die konsumation des reinen weins, seiner abweichungen und ableitungen führt bei den einen zu transzendenz und höhenflug, bei den anderen zu immanenz und absturz. vieles kann den einen wie den anderen dabei zustoßen, manchen menschen gelingt der transzendente absturz, manchen der immanente höhenflug und manchen sogar der alles transzendierende sturzflug über ontologische abgründe. das sind die sogenannten rauschkugeln, und bei den sogenannten vollrauschkugeln können sich sogar transzendentale elevationen ereignen.
auch ein alter menschheitstraum ist das gehen über wasser, sei es rein oder nicht rein, sei es fließendes oder stehendes gewässer, sei es ozean, pazifik, atlantik, rotes oder totes meer, sei es ost- oder nordsee, sei es loire, spree, kainach, jordan oder mekong, sei es styx oder acheron, lethe oder rubikon, sei es baikalsee, hierzmannsperre, lake victoria, lago di como oder rosenthaler teich, stets hat der mensch versucht, sich mit der natur anzulegen, ja, sie aufs kreuz zu legen. nicht stets gelingt es ihm. was allerdings daraus wird, wenn es ihm gelingt, ist wohlbekannt.
noch ein anderer alter menschheitstraum ist es, ins wasser zu gehen, sei es nun rein oder nicht rein. manchen menschen fällt es leicht, manchen schwer. keine rolle spielt es, ob sie leicht oder schwer sind. willensstarke haben es leichter als willensschwache. oder ist es umgekehrt. was dabei herauskommt, ist auch wohlbekannt.
wie es ist, über wein oder gar in den wein, ob rein oder nicht rein, zu gehen, ist kaum bekannt, aber besonders dann gut vorstellbar, wenn der mensch tief ins glas geschaut hat.
schwer vorstellbar ist das, was ein uralter menschheitstraum ver-

kündet. dieser besagt, daß dem menschen ein besonders reines gewissen beschieden sein wird, der jenes reine wasser eingeschenkt bekommt, welches sich der verwandlung reinen weins verdankt. oder ist es umgekehrt.

kein stein bleibt auf dem anderen, aber alles bleibt beim alten. so schaut es aus. das alte bleibt beim alten, das altmodische beim altmodischen, das erhabene beim erhabenen, das gerade beim geraden, das anmutige beim anmutigen, das genaue beim genauen, das sanfte beim sanften, das ernste beim ernsten, oben bleibt oben, vorne vorne, früher früher und so bleibt das ganze beim ganzen.
schaut es so aus, bleibt trotzdem die frage, ob es nicht anders sein oder werden könnte, sollte oder müßte, und wenn dem so sein sollte, dann in welcher hinsicht. sollte, könnte oder müßte dann das alte zum neuen werden, das altmodische zum neumodischen, das erhabene zum niedrigen, das gerade zum schiefen, das anmutige zum spröden, das genaue zum verschwommenen, das sanfte zum groben, das ernste zum lustigen, und oben wird unten, vorne hinten, früher später und so wird das ganze zum halben.
oder sollte und müßte nicht noch etwas anderes geschehen, damit doch nicht, auch wenn es anders ausschaut, alles beim alten bleibt. sollte, könnte oder müßte nicht das alte anmutig werden, das altmodische lustig, das erhabene spröde, das sanfte gerade, das schiefe genau, das niedrige ernst, das ganze brüchig. also brüchiges ganzes, niedriges ernstes, schiefes genaues, sanftes gerades, sprödes erhabenes, lustiges altmodisches, anmutiges altes.
denn sollte es einmal so ausschauen und sein, dann dürfte das entwederoder ausgespielt haben und an dessen stelle könnte ein ent-

wederentweder oder ein entwederundoder oder ein oderoder oder
ein oderundoder treten.
oder weder entweder noch oder, aber sowohl weder als auch noch.
also weder weder noch noch, jedoch weder und noch.

dieses buch verdankt sich auch den stiftungen von freya und franz krummel sowie der von urs widmer, der freundschaft von und mit rainer götz und der arbeit von irmelin mai hoffer.

 erstausgabe zweitausendeins. typografie und umschlag: lmn berlin. druck: grazer druckerei. isbn: 3-85420-571-6. literaturverlag droschl _ 8010 graz _ alberstraße 18.